Son élève

Alana veut désespéréme

scolarité et n'a qu'une chose à vendre son

innocence. Jesse Beljour

SON ÉLÈVE PRIMÉ

First edition. October 1, 2024.

Copyright © 2024 Jennyma Maître.

ISBN: 979-8227908940

Written by Jennyma Maître.

Also by Jennyma Maître

Son élève primé

Alana veut désespérément payer ses frais de scolarité et n'a qu'une chose à vendre : son innocence. L'homme qui l'achète pour la nuit a des goûts très particuliers. Des goûts qui l'excitent autant qu'ils la déroutent, et elle ne s'attendait pas à vouloir les satisfaire à ce point. Une nuit sous les ordres d'un étranger brutal et possessif nommé Gavin ne suffit pas, mais ils sont déchirés avant de découvrir leur véritable identité. Ce problème est résolu une semaine plus tard, lorsqu'Alana est assise au premier rang de son premier cours à l'université et que son professeur, nul autre que Gavin, entre.

Leur passion les réunit à nouveau, mais Gavin est pressenti pour un poste au conseil d'administration de l'université. Sortir avec une étudiante ruinerait ses chances et Alana refuse de lui faire perdre sa place. Elle ne sait pas que Gavin a trouvé quelque chose de bien plus important. Elle. Et il ne l'abandonnera jamais.

Chapitre 1

Alain

Je resserre ma ceinture de soie et arpente le petit vestiaire.

Les exercices de respiration n'empêchent pas les petits acrobates de virevolter et de faire des saltos dans mon ventre. Mes nerfs sont en plein chaos depuis que j'ai passé l'entretien d'embauche.

Un travail vraiment unique en son genre.

Il y a une semaine, je ne savais même pas que des établissements comme celui-ci existaient si près de chez moi. Quand on pense à un bordel, on pense à des endroits comme Las Vegas ou Amsterdam. Pas à ma ville de montagne de banlieue de Julian. L'intimité n'existe pas dans un endroit où les voisins connaissent votre entreprise, le nom de votre mère et votre commande de café.

Je ne serais pas ici si je n'étais pas désespérée, et c'est le cas. Alors, quand mon amie Ripley a fait irruption dans ma chambre noire improvisée la semaine dernière en prétendant qu'elle avait un moyen pour que je puisse payer mes frais de scolarité, j'étais tout ouïe.

Ma virginité s'en va ce soir.

À un homme que je ne connais pas. Un homme qui est apparemment prêt à payer une fortune pour cela aussi. C'est probablement un vieil homme baveux avec une mauvaise haleine et des testicules jusqu'aux genoux. Mais toutes les heures que je vais passer en thérapie vaudront la peine de me rendre à la séance de photographie 101 la semaine prochaine.

N'est-ce pas ?

Tout ce que j'ai toujours voulu, c'est prendre des photos. Depuis que ma mère m'a acheté un vieux Nikon dans une brocante, je photographie tout ce qui m'intéresse. La façon dont l'oreille d'un chiot reste parfois coincée sur sa tête. Ou la façon dont les enfants regardent les inconnus dans les restaurants et ont l'air vraiment énervés, mais en fait ils ne voient que rarement quelqu'un d'autre que leurs parents, donc ils sont fascinés. Des moments comme ça. Les choses drôles du quotidien sont mon truc. Est-ce que je peux faire toute une carrière avec des photos ridicules ? Probablement pas. Mais comment vais-je découvrir de quoi je suis capable, à moins d'aller à l'université ?

Une nuit. Probablement plus cinq minutes. Et puis je serai tranquille pour la première année. À ce moment-là, j'aurai trouvé un emploi et j'aurai économisé suffisamment pour la suivante. Je peux le faire.

Je prends une grande inspiration et la souffle vers le plafond, juste au moment où la porte s'ouvre et – comme elle a l'habitude de le faire – mon amie Ripley fonce dans l'entrée comme un ouragan roux. Elle est vêtue d'une robe bleu marine, identique à la mienne, blanche, et ses yeux sont maquillés de son œil de chat caractéristique. Ripley est la plus belle personne que j'ai jamais vue dans la vraie vie et elle me cause des ennuis depuis le CM1. Je prendrais une balle pour elle et elle ferait la même chose pour moi.

« Putain, » dit Ripley en bondissant devant moi. « On va le faire. »

Je lui fais signe de respirer, comme moi. « Vraiment ? Je veux dire... » Je pivote nerveusement dans un cercle vicieux. « Qui profite de leur virginité ? C'est fou, non ? »

« Vraiment ? Demandez à n'importe quelle femme, elle vous dira que sa première fois avec elle a été horrible. De cette façon, nous sommes sûrs d'en tirer quelque chose. »

La semaine dernière, après que Ripley ait découvert d'une manière ou d'une autre cette série de chambres luxueuses cachées au sous-sol de ce que j'ai toujours cru être un bed & breakfast respectable, nous sommes montés dans sa coccinelle violette et nous sommes venus ici pour une interview en face à face. La tenancière de ce bel établissement est une veuve de soixante-dix ans nommée Estelle. Lorsque son mari est décédé dans les années 90 et qu'elle n'arrivait pas à joindre les deux bouts, elle s'est apparemment lancée dans le jeu du sexe contre de l'argent et c'est ce qui nous amène ici aujourd'hui, mesdames et messieurs.

« Oh mon Dieu, oui. Les vierges sont très demandées », avait-elle murmuré, en prenant des notes dans un agenda Vera Bradley de très bon goût. « Je vais demander à mes clients réguliers de faire passer le message et nous verrons qui est prêt à payer le prix le plus élevé. » Elle avait souri largement. « Je prends une commission de trente pour cent. »

Pour être honnête, je suis encore un peu mécontent des honoraires d'Estelle.

Bonjour, je renonce à 100 % de mon hymen, n'est-ce pas ?

Je suis distrait de ma réflexion lorsque Ripley sort un masque de sa poche et l'attache derrière sa tête, de sorte que la moitié supérieure de son visage soit cachée.

« Pourquoi as-tu un masque ? Je n'ai pas de masque. »

Ripley redresse les épaules. Oh oh. Voilà quelque chose de complètement fou qui arrive. « Je dois te dire quelque chose. J'invoque la clause de non-jugement. »

« Je jure solennellement de ne pas rire, de ne pas haleter et de ne pas vous faire la leçon. »

« Ne change même pas ton expression faciale. »

« Je ne le ferai pas ! Dis-moi. » Je jette un œil à l'horloge murale. « On a seulement cinq minutes avant de pouvoir officiellement commencer à se plaindre de nos premières fois. »

Ripley émet un son évasif. « Le problème, c'est que je ne sais pas si je vais me plaindre. » Elle déglutit. « Je sais qui est mon client. »

« Quoi ? Comment ? Estelle ne nous l'a pas dit. » Je la regarde bouche bée. « Qui est-ce ? »

« C'est là que le fait de ne pas juger est crucial. » Elle serre les lèvres et prend une longue inspiration, puis expire lentement. « C'est mon oncle par alliance Mase. »

Jamais la clause de non-jugement n'a été soumise à un tel test.

Oh, je connais très bien l'oncle de Ripley, Mase. Il a assisté à chacune de ses réunions de famille bruyantes depuis que nous sommes devenus meilleurs amis, c'est-à-dire juste après le remariage du père de Ripley. L'oncle Mase est un motard, fumeur de cigare, tatoué, un fils de pute qui, j'en suis presque sûr, a passé neuf ans à San Quentin pour meurtre.

Mon expression faciale est figée sur place, mais je suis sûr que j'ai la couleur d'une tomate mûre.

« Comment le sais-tu ? » je demande, d'un ton désinvolte. Mais aussi comme si on m'étranglait.

Ripley prend en charge mes tâches de surveillance. « Il est venu dîner chez moi la semaine dernière et j'ai peut-être jeté un œil à ses contacts iPhone. Je, euh... j'ai peut-être cherché le numéro d'une femme à supprimer. Bizarrement, il n'y en avait pas. Mais bon. J'ai trouvé le numéro de cet endroit, mais il n'y avait pas de nom. Mystérieux. Alors je l'ai appelé et... » Elle s'arrête et se retourne, en claquant ses paumes. « Bam. Je trouve le bordel qui opère sous notre nez depuis tout ce temps. »

« D'accord », dis-je lentement. « S'il te plaît, ne me dis pas que tu portes ce masque parce que... »

« Je ne veux pas qu'il sache que c'est moi. » Elle jette un coup d'œil à l'horloge. « C'est une longue histoire. Je suis amoureuse de lui depuis des années et... écoute, on en parlera après. »

« Après avoir baisé ton oncle !? »

Ripley reste bouche bée. « Cela ressemble à un jugement. Et c'est mon oncle par alliance. »

Je me retire en moi-même, employant la technique de méditation que je pratique tous les matins pour me recentrer. Je ne laisserai pas Ripley sortir d'ici sans répondre du fait qu'elle a caché ce béguin de longue date à sa meilleure amie, mais avant que je puisse commencer à l'interroger, Estelle entre dans la pièce. Mon Dieu, on dirait qu'elle se dirige vers une vente de pâtisseries. Pas étonnant que cet endroit soit resté si bien caché.

Estelle tapote le bras de Ripley. « Chambre cinq, chérie. Il est prêt. »

Après un dernier regard nerveux dans ma direction, Ripley sort de la pièce dans un flou de soie bleue et de boucles rouges. Je commence à la suivre, mais Estelle me bloque le chemin, se déplaçant d'une manière bien trop vive pour soixante-dix ans. Je commence à me demander si elle est un ninja déguisé en grand-mère.

« Votre gentleman est également ici, ma chère. Et je suis contente que nous soyons seuls, car j'ai d'abord besoin de vous parler. » Elle se tapote le menton. « Cet homme n'est pas l'un de mes clients habituels, donc j'ignorais jusqu'à présent que ses goûts étaient... d'une certaine manière. »

Une alerte au tsunami retentit dans ma tête. « Qu'entends-tu par « goûts » ? »

Estelle choisit soigneusement ses mots. « L'interdit, ma chère. Ce soir, tu es une vierge interdite. » Elle rit. « Franchement, ce n'est pas faux. C'est un établissement illégal, après tout. »

Je ris maladroitement pour combler le silence qu'elle laisse derrière elle. « Alors... je suis juste moi-même ? »

« Ça dépend. Es-tu du genre à appeler un homme « papa » ? »

Le son que je fais se situe quelque part entre une toux et une bombe qui explose. « Euh. Non. Je veux dire, j'ai un père. Je suppose que je l'appelais comme ça quand j'étais plus jeune. »

« Excellent. Je m'inspire de cette expérience. »

Est-ce que je fais un de ces cauchemars bizarres qui ne m'arrivent qu'après avoir mangé chez Taco Bell ? « Sérieusement ? »

Estelle soupire et jette un regard inquiet à l'horloge murale. J'ai maintenant deux minutes de retard pour les couilles tombantes. « Écoute, chérie. Je n'ai pas le temps pour une longue leçon de psychologie, alors voici la version condensée. Un père est un comptable en gilet qui bâille pendant tes récitals de danse. Un papa te tire les cheveux, te baise à quatre pattes, puis t'achète un joli collier. Il y a une différence. Tu as le droit d'en profiter. » Elle me lance un regard approbateur. « Et il le fera certainement. »

"Merci ?"

Après un simple hochement de tête, elle m'entraîne vers la porte. « Salle trois. C'est l'heure du spectacle. »

Chapitre 2

Gavin

Bon sang, je n'arrive pas à croire que je fais ça.

Comme me l'a conseillé Estelle, incroyablement alerte, je me suis installée confortablement et j'ai enlevé mes chaussures et ma chemise. Je suis maintenant assise sur le coin du lit king-size, les mains jointes entre mes cuisses. Mon regard est constamment attiré par un morceau de tapis égaré, beaucoup plus long que les autres, et mes doigts ont envie de mon appareil photo. Les anomalies sont souvent mes sujets. De petites bizarreries que la plupart des gens négligent. Des fenêtres asymétriques dans une vieille maison dont les fondations ont été endommagées par une inondation, provoquant l'affaissement d'un côté. Une fleur blanche dans un bouquet rouge. Un dalmatien avec une seule tache.

Imaginez ce que penseraient mes étudiants en photographie à l'université s'ils savaient que je suis dans un bordel, en train de réaliser enfin le fantasme que je nourris en secret depuis des années. La semaine prochaine à la même heure, je serai devant une salle de conférence, prêchant l'ombre et la lumière à une nouvelle cohorte d'étudiants. Comment pourrai-je regarder l'un d'entre eux dans les yeux après ce soir ?

La semaine dernière, mon ami d'enfance Mase a conduit sa Harley jusqu'à la côte pour me rendre visite. Nous attirons beaucoup l'attention quand nous nous retrouvons tous les deux. Non pas parce que nous sommes incroyablement beaux, même si je ne suis pas si mal, mais parce que Mase est mon opposé absolu. Il est un ancien détenu, pour commencer, et je suis un professeur respecté dans une prestigieuse école d'art. Je porte des costumes, il porte du cuir et du jean. Il a un vocabulaire de cour de prison et j'ai été un jour champion de Jeopardy de trois jours. Pourtant, d'une manière ou d'une autre, il est mon meilleur ami parmi mes favoris.

Cependant, je ne lui ai jamais parlé de ma faim.

C'est comme ça que je l'appelle dans ma tête.

Ma faim.

Mais la semaine dernière, dans ce bar bruyant, quand il m'a parlé d'un bordel à Julian, près de chez son frère, et qu'il comptait s'y rendre pour se débarrasser de son engouement pour une rousse dont il ne connaissait pas le nom, j'ai été tenté pour la première fois de ma vie. De me laisser aller à un fantasme dont je devrais avoir honte. En tant qu'homme et champion de Jeopardy.

Mais me voici.

Une fois que j'aurai fini de m'en débarrasser, je pourrai retourner à ma vie de dégradés, d'ouvertures et de produits chimiques. Ce sera ma propre anomalie. Une anomalie que je ne pourrai pas capturer sur pellicule, mais quand même. Pendant l'heure qui vient, je ne suis pas le salaud strict qui envoie les étudiants en photographie sortir de son bureau la queue entre les jambes. Je suis juste le papa d'une fille sans visage.

Peut-être que la première chose à faire serait de la punir pour son retard.

Je me penche et masse ma bite à travers mon pantalon plissé noir, la sentant s'épaissir dans ma main, les signes interdits de ma faim fusionnant mon esprit. Des lèvres roses et gonflées qui font la moue. Une jupe à carreaux inexcusablement courte. Le son d'un halètement à la fois confus et excité et parfaitement pleurnichard. Papa, pourquoi est-ce si bon quand tu me touches là ?

Je retire ma main de ma bite palpitante et commence à faire les cent pas.

Je suis malade. Ces pensées dans ma tête sont tellement malades que je ne peux pas m'en empêcher. Elles font partie de moi que je n'arrive pas à éliminer. J'ai renoncé aux femmes il y a des années, parce que le sexe ne me satisfaisait pas et je ne pouvais pas me résoudre à leur dire pourquoi je n'y avais plus d'intérêt. Je vais me permettre cette seule indulgence.

Une nuit et c'est tout.

Julian est suffisamment loin de chez moi pour qu'aucune preuve de cette nuit ne me suive.

Et merci à Dieu pour cela.

Après dix ans de carrière en tant que professeur à l'université, on me propose de siéger au conseil d'administration. Les membres doivent être irréprochables. Trop souvent, j'ai vu des professeurs ou même des doyens tomber en disgrâce parce qu'ils se sont fait prendre dans une liaison ou parce qu'ils faisaient quelque chose qu'ils n'auraient pas dû faire. Le vote pour me nommer au conseil d'administration a lieu au cours de la première semaine du semestre, dans sept jours, et je dois avoir tout ça à l'esprit d'ici là. J'accepterai cet honneur en toute bonne conscience ou je ne le ferai pas du tout.

Mais quand la porte s'ouvre lentement et que je vois avec qui je vais passer l'heure suivante, ma conscience cesse d'exister. Elle se transforme d'un rocher en un grain de poussière. Mon sexe palpite douloureusement à sa vue. Bon Dieu. Où ont-ils trouvé cette fille ?

Je n'ai jamais imaginé de véritables traits du visage, pas une seule fois au cours de tous mes fantasmes, mais je sais avec certitude que j'imaginerai le visage de bébé de cette fille à chaque fois que je me branlerai pour le reste de ma vie.

Elle est incroyable. Ses cheveux blonds sont simples, séparés par une raie au milieu, bien que ses sourcils soient foncés. Ailés en arcs gracieux qui imitent ses pommettes. Son nez est un peu têtu, et Jésus, pourquoi j'aime tant ça ? J'aime encore plus ses cuisses souples. Elles sont magnifiquement nues sous l'ourlet de sa courte robe blanche, la ceinture si serrée autour de sa taille que je pense l'enrouler autour de son cou comme une laisse, pour pouvoir la tirer en avant, en arrière, en avant, en arrière pendant qu'elle me suce la bite.

Je n'arrive pas à tout comprendre, papa.

« Ferme la porte », je grogne, ma voix sur un ton que je ne reconnais pas.

Je ne suis pas obligée d'être polie ce soir. Je suis ici pour baiser comme je le souhaite et j'ai attendu des décennies pour assouvir cet appétit rageur. Attendre une seconde de plus est inacceptable. J'ai gardé un couvercle hermétique sur mes besoins pendant si longtemps et maintenant que le soulagement est proche, sous la forme de cette magnifique petite princesse, tous les obstacles ont été arrachés, permettant à mes secrets les plus intimes de voir enfin la lumière du jour.

« Désolée », souffle-t-elle en fermant rapidement la porte et en s'appuyant contre elle, sa posture timide, sa poitrine en expansion, attirant mon attention sur ses seins mûrs de la taille d'une pomme. « Je crois juste que je suis au mauvais endroit. »

« Tu ne l'es pas. » Déshabille-toi et écarte les jambes, petite fille.

« Mais tu es... »

« Je suis quoi ? » je réponds sèchement, comme je le ferais si un étudiant envoyait un texto pendant un cours.

« Tes couilles ne sont probablement même pas affaissées », lâche-t-elle, prenant une teinte fuchsia très intéressante. « Ce que je voulais dire, c'est que... tu es jeune. Je ne m'attendais pas à ce que tu sois jeune. Ou à ce que tu dégages une ambiance sérieuse à la Tom Hiddleston. Bravo pour ça. »

Je commence. Mais c'est qui ce bordel de Tom Hiddleston ?

Il y a quelque chose dans les notes rauques de sa voix que je ne peux comparer qu'à la première écoute d'un chef-d'œuvre symphonique. Révélateur. Et comment suis-je passé d'une excitation inimaginable à... une curiosité insatiable à propos de cette jeune fille ? Elle n'est pas une collection de parties du corps floues issues de mon imagination, c'est une femme en chair et en os. Physiquement délicate, mais il y a de l'intelligence dans ses yeux, dans la façon dont elle m'examine, comme si elle tirait des conclusions.

Dans toute mon impatience, je n'ai pas réussi à m'arrêter pour remarquer à quel point elle est parfaite dans sa timidité.

Comme son rougissement est doux, associé à ces dents blanches qui rongent sa lèvre inférieure.

La soie de sa robe bouge, captant la lumière de la lampe à chaque respiration superficielle qu'elle prend.

Mon impolitesse l'a empêchée de s'approcher de plus de quelques centimètres de la pièce. Je ne veux pas qu'elle ait peur, n'est-ce pas ? Je veux qu'elle me fasse confiance. Je veux qu'elle s'abandonne à moi sans se poser de questions sur ce qui est le mieux pour nous pendant que nous sommes dans cette pièce. Si cela doit arriver, je dois mettre une laisse à l'animal qui est en moi pendant un certain temps encore jusqu'à ce qu'elle soit prête à le faire.

« Je m'excuse d'avoir été brusque. Tu ne t'attendais pas à ce que je sois jeune et je ne m'attendais pas à ce que tu sois si belle », dis-je honnêtement, bien que la tension de l'excitation épaississe encore ma voix. « Veux-tu te détacher de la porte ? »

Au bout d'une seconde, elle hoche la tête et s'avance vers moi, les liens de sa robe enroulés autour de ses doigts. Un battement de tambour commence à l'intérieur de moi et à chaque pas qu'elle fait dans ma direction, il devient plus fort, plus profond. Je n'avais jamais eu ce sentiment auparavant d'être sur le point de changer ma vie, mais je l'ai maintenant. Mon abdomen est noué dans un nœud qui se resserre – et lorsque la lumière de la lampe révèle ses yeux, il se tend.

Un bleu, un marron.

Une anomalie.

Impatiente de les étudier de près, je tends la main pour relever son menton avant que je puisse l'arrêter. Elle prend une inspiration et recule, laissant tomber sa tête en avant de sorte que ses cheveux blonds tombent comme un rideau de chaque côté de son visage. Se cachant. « Est-ce que mes yeux bizarres vont être un obstacle ? »

« Quoi ? Non. » Bon Dieu, je suis en train de tout gâcher. « Il n'y a rien de bizarre chez eux. Rien du tout. Ils sont extraordinaires. »

Elle relève la tête, révélant qu'une partie de la timidité a disparu de son expression. « Ils sont en quelque sorte mes pires ennemis. »

"Pourquoi?"

Elle se lèche les lèvres et baisse la voix, comme si elle s'apprêtait à partager un secret avec moi, et je retiens mon souffle, ne voulant pas rater une seule syllabe. « Quand je mens, le brun devient une sorte de vert mousse. Cela m'a valu beaucoup de temps morts quand j'étais plus jeune. »

« Et quand tu seras plus grand ? »

« J'ai appris à porter des lunettes de soleil. »

Un rire inattendu et authentique jaillit de moi, et son sourire s'élargit. Il y a quelques instants à peine, ma bite régnait sur ma vie. Mais alors que je suis toujours aussi dur et que j'ai désespérément besoin de soulagement de la part de cette fille, j'ai aussi une étrange sensation de plénitude dans la poitrine. Je n'arrive pas à m'empêcher de la regarder. Ou de vouloir entendre ce qu'elle va dire ensuite. « Comment t'appelles-tu ? »

Une brève hésitation. « Je ne devrais pas te dire ça. »

Je m'approche et je me retrouve à démêler ses doigts de la ceinture de sa robe. « S'il te plaît. »

« Alana », murmure-t-elle en me regardant travailler. « Le tien ? »

Il n'y a aucun mal à ce qu'elle le sache, tant que mon nom de famille reste confidentiel. De plus, j'ai vraiment envie de l'entendre le dire. « Gavin. »

« Gavin. » La façon dont elle se frotte la lèvre inférieure entre ses dents en prononçant le V fait que ma bite se soulève contre ma braguette. Tout comme le rougissement qui se renouvelle sur ses joues. « Estelle m'a dit que tu voulais qu'on t'appelle autrement, » murmure-t-elle.

Je ne peux rien faire. Je gémis comme un homme brisé, le simple fait que cette belle fille ait connaissance de ma faim, qu'elle soit là pour la satisfaire, suffit presque à me pousser à bout. « C'est vrai », dis-je d'une voix rauque. « Qu'est-ce que tu en penses ? »

Alana prend un moment pour réfléchir. « Eh bien, quand je pensais que tu ressemblerais à Elmer Fudd dans la vraie vie, je ne me sentais pas très bien. » Encore une fois, elle me fait rire. « Mais tu es... sexy. » Cette confession l'embarrasse visiblement, mais elle continue. « Tu as aussi l'air plutôt convenable. »

"Décent?"

« Oui. » Les doigts de Estelle dénoués de la soie, je garde ses mains dans les miennes, faisant des cercles dans ses paumes avec mes pouces. Je me demande si elle se rend compte qu'à chaque tour que fait mon pouce, ses mamelons durcissent de plus en plus, créant des points serrés contre les pans de sa robe. « Je ne te vois pas faire les choses qu'Estelle a dit que tu ferais. »

Cela lui vaut de lever un sourcil. « Qu'est-ce qu'Estelle a dit que je ferais ? »

« Je préfère ne pas le répéter », lâche-t-elle.

Je porte son poignet à ma bouche et je dépose un baiser bouche bée sur son pouls. « Si tu ne peux pas répéter les mots, Alana, comment vas-tu faire ça avec moi ? »

« Tu as commandé une vierge, n'est-ce pas ? La nervosité n'est-elle pas un élément normal ? »

Ma bouche se fige. « Vierge ? » Je suis idiot de ne pas avoir envisagé cette possibilité plus tôt. Peut-être qu'une partie de moi a attribué sa timidité au jeu. Mais il faudrait qu'elle soit une actrice oscarisée pour réussir à faire preuve d'un tel niveau d'inexpérience. « Je n'ai pas commandé une vierge, Alana », dis-je sincèrement, en voyant la surprise illuminer ses yeux. Surtout le bleu.

« Tu ne l'as pas fait ? »

« Non. Je ne le ferais pas. Je ne sais pas à quel point je le veux... » Je passe ma main libre dans mes cheveux. « Elle m'a proposé un prix et j'ai pensé qu'il était élevé, mais vu ce que je voulais... vu depuis combien de temps je le voulais, j'ai accepté de payer. »

Alana resta bouche bée. « Alors Estelle m'a offert ma virginité comme un grille-pain gratuit ? »

Je pousse un petit rire en secouant la tête. « Tu es plutôt hilarant, tu sais ça ? »

« Oh. » Le plaisir efface le choc de son visage. « Merci. »
"Accueillir."

« Tu n'as même pas essayé de négocier avec elle, hein ? »

— Heureusement, non. Cela aurait été un crime, vu la personne qu'elle m'a envoyée. Je fais glisser un doigt le long de sa gorge, entre la douce vallée de ses seins et sur le plan plat de son ventre, m'arrêtant lorsque j'atteins la ceinture de sa robe, la tirant doucement pour l'ouvrir.
— Elle aurait pu demander beaucoup plus pour toi, Alana. J'aurais payé n'importe quoi.

« Il y a toujours le pourboire. »

Nous nous sourions et je reste là, émerveillée par la tournure que cette soirée a prise. Ce n'est pas du tout ce que j'avais prévu. Elle n'est rien de ce que j'aurais pu imaginer, cette femme magnifique, pleine d'esprit, courageuse...

Vierge.

Je ne peux pas baiser cette fille, n'est-ce pas ?

Pas comme ça. Pas dans un bordel. Sa première fois devrait être spéciale. Sur un balcon à Paris ou quelque chose comme ça, tandis que la Tour Eiffel scintille au loin.

Et j'ai besoin d'être celui entre ses jambes.

La férocité de ce souhait me prend au dépourvu. Je ne suis pas venue ici ce soir en espérant rencontrer quelqu'un qui me couperait le souffle, mais me voilà. Je frémis en pensant à quel point j'ai été près de refuser ce voyage à Julian. J'aurais raté la rencontre avec Alana.

Maintenant que je l'ai, que suis-je censé faire avec elle ?

C'était censé n'être qu'une nuit. Rien de tout cela n'était censé me suivre jusqu'à chez moi. Peut-il raisonnablement résulter de cette... connexion avec Alana ? Elle sait que j'ai faim. Elle est bien informée sur le sujet. Que suis-je censé faire ? La présenter à mes pairs comme ma petite amie ? Elle ne peut pas avoir un jour de plus que...

"Quel âge as-tu?"

"Dix-huit."

Jésus Christ. C'est inexcusable que ma bite palpite encore plus fort. Une vierge à peine majeure. Je ne voudrais pas lui écarter les cuisses et faire disparaître cette horrible douleur, mais je ne peux m'empêcher de me demander à quel point sa chatte serait serrée. Comme elle aurait besoin d'être apaisée lorsque je lui aurais percé la chatte. Comme elle aurait besoin qu'on lui apprenne à s'ouvrir pour moi.

Tu devrais avoir honte de toi.

« Gavin ? »

« Je ne peux pas te faire ça, Alana », dis-je, ma voix gutturale de besoin. « C'était censé être une transaction... mais ce ne sera pas aussi facile avec toi. Tu mérites mieux qu'un malade qui prend son pied en te traitant comme sa petite fille. »

Elle inspire brusquement à ces deux mots dangereux et je perçois une lueur d'excitation dans ses yeux. Est-il possible qu'elle apprécie ce genre de jeu autant que moi ?

Non.

Sur aucune planète ce n'est possible. Elle n'a pas assez d'expérience pour savoir ce qu'elle aime ou n'aime pas, mais une fois qu'elle l'aura compris, je suis sûr que ça ne correspondra pas aux scénarios sordides que j'ai en tête. Je vais reconduire cette fille en toute sécurité chez ses parents, juste pour me rappeler à quel point elle est jeune et innocente. Ensuite, je rentrerai chez moi pour laisser ce fantasme dégoûtant derrière moi.

Je sens la panique d'Alana lorsque je la contourne, avec l'intention de récupérer mon manteau, puis d'aller trouver Estelle pour pouvoir rapporter les vêtements d'Alana, afin qu'elle puisse s'habiller pour partir. Elle m'arrête net lorsqu'elle laisse tomber la robe par terre.

« S'il te plaît, ne pars pas... Papa. » Elle dégrafe son soutien-gorge vert émeraude et le laisse tomber sur le haut de la robe, dévoilant la paire de petits seins la plus ronde et la plus rebondissante que j'aie jamais vue de ma vie. « Je serai une bonne fille, je te le promets. »

Chapitre 3

Alain

Un geste audacieux.

Avant d'entrer dans cette pièce, Estelle m'a donné un cours accéléré sur le jeu en fonction de l'âge.

Je suis toujours traumatisée après avoir entendu certains de ces mots sortir de sa bouche, mais je m'égare. Elle a donné l'impression que c'était une sale affaire. Un homme qui se gratte une démangeaison, une femme qui gagne quelque chose de brillant grâce à cette affaire. Mais je ne peux pas imaginer que ce soit comme ça avec Gavin.

D'une part, il a eu une crise de moralité et il est prêt à tout annuler pour protéger ma vertu. Ce n'est pas quelque chose qu'un homme sans honneur ferait, n'est-ce pas ? Et de deux... sa frustration sexuelle fait naître quelque chose d'identique en moi. Je veux étancher sa soif. Je me sens responsable de cela. Comme si j'avais été manœuvrée ici ce soir par le destin dans un but précis.

Mon Dieu, ça a l'air fou, mais je ne veux pas qu'il quitte cette pièce sans m'embrasser. Ou me toucher. Un picotement brûlant a commencé à se faire sentir sous ma peau au moment où j'ai ouvert la porte et que je l'ai vu, dans toute sa splendeur, grand, sombre et érudit. Il porte un pantalon de costume et une chemise blanche, les manches retroussées autour de ses coudes. Ses cheveux noirs et ondulés sont un peu longs sur le dessus, comme s'il avait été trop occupé à lire des livres et à marcher le long des bords de falaises brumeuses pour se les faire couper. Il sent fort la bergamote et le cèdre fumé et dès que je me suis retrouvée à moins d'un mètre de lui, j'ai eu envie d'enfouir mon nez dans son cou et d'en remplir mes poumons.

J'ai décidé quand j'avais neuf ans que les garçons étaient stupides.

Ce n'est pas un garçon, c'est un homme. Un homme vraiment sexy, plein de conflits... et je suis attirée par lui d'une manière dont je m'attendais vraiment à passer toute ma vie sans en faire l'expérience. Je pensais que cela pourrait arriver pour Ripley, mais j'ai toujours été trop sarcastique et raisonnable pour envisager de me laisser emporter.

Quand je baisse ma robe et que je vois ses beaux traits se crisper de douleur, quand je vois cette crête gigantesque pousser sur le devant de son pantalon, je suis déjà en grand danger d'être emportée. C'est sûrement pour ça que je le dis. Des mots qui m'auraient fait rire il y a une heure.

« S'il te plaît, ne pars pas... Papa. » Je dégrafe mon soutien-gorge et le laisse tomber, oublié. « Je serai une bonne fille, je te le promets. »

Je ne rigole pas de la façon dont ces phrases très mauvaises et très interdites me font me sentir. Ces mots sur mes lèvres me transforment en une autre version de moi-même. Je ne suis pas Alana, la fille idiote qui a toujours un appareil photo attaché à son cou, je suis Alana, la petite fille de Gavin, et selon la tenancière de cet établissement, il veut me baiser à quatre pattes.

Rien que d'y penser, j'ai des papillons dans le ventre.

Ça me donne envie de me mordre la lèvre et de tourner mon pied vers l'intérieur, timidement, maladroitement, parce que je pense que ça lui plairait. Et je veux que cet homme me désire. Je veux qu'il m'utilise pour ses desseins masculins. La façon dont il a dit « petite fille » résonne encore dans ma tête, scintillant d'une touche de sensualité supplémentaire à chaque fois. Est-ce possible... que je n'apprécie pas simplement d'être récompensée pour ce soir ? Que j'aime vraiment donner à cet homme ce pour quoi il est venu ?

Car même si j'ai été distraite par la voix, l'odeur, le visage, le corps de Gavin... j'ai besoin d'argent pour payer les frais de scolarité. Je ne peux pas le laisser partir insatisfait, sinon je serai coincée à Julian quand le semestre commencera la semaine prochaine.

« Alana », dit-il enfin, en ajustant la grosse bosse dans son pantalon. « Tu n'es pas obligée de faire ça. Tu ne devrais pas faire ça. »

« J'en ai envie. » Je me fie à mon instinct et glisse le bout de mes doigts dans le triangle de ma culotte en dentelle verte, laissant à peine le coussinet de mon majeur se glisser entre mes lèvres. Mon Dieu, je suis tellement mouillée ici. Plus mouillée que ce qui est considéré comme normal, n'est-ce pas ? « Ne pars pas. J'ai envie de toi. »

Sa mâchoire est relâchée, ses narines se dilatent tandis qu'il regarde où mes doigts cachés plongent dans mon sexe. « Putain. Je peux entendre à quel point c'est glissant. »

Oh, c'est bien, toute cette humidité est normale. Ou du moins, il semble aimer ça. J'ai essayé de me masturber plusieurs fois, la plupart du temps sur l'insistance sévère de Ripley, mais je n'ai jamais pu atteindre ce niveau de plaisir dont tout le monde parle sans cesse. « Tu veux me toucher ? »

Il émet un son rauque et flétri qui traduit bien l'euphémisme que j'ai exprimé. « Je veux faire plus que toucher. Je veux le manger, te baiser et le manger encore. »

Un frisson brûlant me secoue, serrant mes tétons comme des vis, faisant apparaître des bosses sensibles sur ma peau et me forçant à serrer les dents du fond. Je pense que si Gavin m'avait regardée les quelques fois où j'ai essayé de me donner du plaisir, j'aurais atteint l'orgasme assez facilement. Pour l'instant, cependant, je ne veux pas le faire moi-même. Je veux qu'il le fasse pour moi. Et mon Dieu, je veux qu'il utilise mon corps pour se donner ce soulagement tout-puissant. Je veux voir ses expressions changer, je veux sentir son poids me presser, ses dents gratter ma peau nue.

Gavin semble toujours en conflit avec lui-même, alors je glisse mes doigts sur les côtés de ma culotte. Avant même que je ne l'aie descendue le long de mes jambes, il émet un bruit brisé et capitulant et dézippe son pantalon, glissant sa main aux longs doigts à travers l'ouverture affaissée et dans la ceinture de son slip noir. Les muscles de son avant-bras bougent, son poing frappe à plusieurs reprises le coton, et je réalise qu'il se caresse. Il regarde ma chair vierge pendant qu'il le fait.

« Mon Dieu, aidez-moi, je ne pourrai jamais me débarrasser de cette jolie petite chose », gémit-il en s'approchant de moi à quelques pas. « Regarde comme elle est précieuse. Elle débordera dès mon premier jet. »

Mes genoux deviennent si faibles sous une bouffée de... certainement de désir, même si je ne l'avais jamais ressenti avant ce soir, que je me laisse tomber sur le bord du lit, mes mains enroulées dans la couette. « Gavin... »

Il s'arrête juste devant moi, sa main qui pompe et sa virilité toujours cachées dans son slip, les secousses de son poing s'arrêtant à quelques centimètres de ma bouche. Comme s'il avait une barrière de plus et qu'il me demandait de l'éliminer. « Qu'est-ce qu'il y a, princesse ? »

« Est-ce que je peux le voir ? » demandai-je, les joues brûlantes. « Je n'en ai jamais vu auparavant. »

Sa barrière s'effondre. « Bon sang, me voilà, grince-t-il. Au moins, je pourrai d'abord visiter le paradis. »

Je ne sais pas exactement ce que j'ai dit pour que cela se produise, à part faire cet aveu embarrassant, mais un changement semble se produire chez Gavin. Son comportement se durcit, me rappelant la fois où j'ai été envoyé au bureau du directeur pendant ma deuxième année de lycée et où j'ai senti une sorte d'excitation chez l'homme de l'autre côté du bureau. Comme s'il prenait un certain plaisir à me donner une retenue, me tenant à sa merci. Gavin a le contrôle ici aussi. Mais contrairement à ce jour-là dans le bureau du directeur, je suis également excité. Parce que le désir de Gavin est coupé d'adoration. Pour moi. Il a peut-être une mâchoire méchante, mais ses yeux adorateurs inspirent la confiance.

« Dernière chance de partir », dit-il d'un ton bourru, laissant son membre surdimensionné pressé contre le devant de son slip pendant qu'il enlève son t-shirt. Le mouvement abîme ses cheveux noirs et oh mon dieu, il est stupidement magnifique. Il n'est pas comme les gars musclés que je vois dans les salles de sport sur Instagram. Pas du tout. Ses muscles sont longs, fins et définis, comme ceux d'un nageur ou d'un rameur. Son ventre est délicieusement strié et serré comme un tambour. Il y a une forêt de poils noirs sur sa poitrine et une traînée qui descend jusqu'à son nombril, promettant de devenir encore plus épaisse à l'intérieur de son slip. « Alana », m'invite-t-il en posant un genou sur le bord du lit, une main sur ma mâchoire. « Si tu restes, tu es ma petite fille à partir de maintenant. Je ne pense pas que je puisse te baiser autrement. Pas quand tu es mon fantasme devenu réalité. »

Un courant bourdonnant court dans mon ventre. « Je ne veux pas partir », je murmure. Mon destin scellé, je me glisse plus loin sur le lit, un festin nu pour ses yeux. C'est en cela qu'il me transforme alors qu'il me suit, rôdant vers moi sur le lit, ses fortes épaules fléchissant dans la faible lumière, ses yeux brûlants alors qu'ils parcourent mon corps.

« Allonge-toi », m'ordonne-t-il brutalement, baissant la tête pour déposer un baiser sur mon nombril, puis plus haut entre mes seins. Au moment où il atteint ma gorge, me léchant, posant ses lèvres sur les miennes, je suis haletante. J'ai suivi ses instructions sans même m'en rendre compte, moi aussi, le dos à plat sur le matelas, les pulsations palpitant à des endroits où elles n'étaient jamais allées auparavant. Entre mes jambes, au plus profond de mon utérus, mes mamelons. « Tu es si belle », râle-t-il contre mes lèvres, inclinant son corps à moitié sur le mien, frottant son érection contre ma hanche. « Est-ce que tu sens ça, Alana ? Tu as fait en sorte qu'il ait besoin d'entrer en toi. Nous n'avons pas le choix. »

La pression s'accumule à la jonction de mes cuisses et j'enfonce mes orteils dans le lit, essayant de combattre la sensation de torsion et de douleur qui ne cesse de s'accroître. « Est-ce que ça va faire mal ? »

« Oui. » Il effleure du bout des doigts les pointes de mes seins, ce qui me fait gémir. « Mais ton papa va te tenir dans ses bras pendant la douleur. »

Je n'ai pas le temps de réagir ou de répondre avant que les lèvres de Gavin ne s'ouvrent sur les miennes, me sirotant un baiser oblique. Sa poitrine frémit et ma bouche s'entrouvre en réponse, comme si mon corps s'était déjà accordé à ses besoins. Appris à les anticiper. La lourde bosse sur ma hanche s'épaissit lorsque nos langues se touchent et glissent ensemble. Nos gémissements s'unissent et se transforment en respirations superficielles, mais nous n'essayons pas de suivre le rythme de ces respirations. Le baiser de Gavin n'est pas rapide ou désespéré, il est presque nourrissant. Mon esprit essaie de comprendre pourquoi j'aime sa tutelle presque parentale sur ma bouche, mais mon corps est bien en avance sur moi, les muscles se contractent et se relâchent, de plus en plus de chaleur s'accumulant entre mes cuisses.

Les doigts de Gavin traînent toujours sur mes mamelons et la traction en réponse dans le bas de mon corps devient si insistante que je dois interrompre le baiser, en aspirant des bouffées d'air.

« Est-ce que tu aimes que je joue avec tes seins, Alana ? »

En me mordant la lèvre, j'examine le plaisir/la douleur et réponds honnêtement. « Je pense que oui. »

Une chaleur vigilante s'allume dans ses yeux et je commence à mieux comprendre le fantasme de Gavin. Estelle avait tout faux. Il ne veut pas me prendre à quatre pattes. Ou me tirer les cheveux. Pas ce soir, en tout cas. Il veut m'initier au sexe. C'est une version X de la discussion sur les oiseaux et les abeilles. C'est ce dont il a besoin et par un coup du sort, j'ai vraiment besoin de cette discussion. Mes parents ne me l'ont jamais donnée et j'ai en quelque sorte menti à Ripley, prétendant que je savais tout sur le sexe. En vérité, je n'ai même pas pris la peine de chercher sur Google, car j'ai toujours trouvé le sexe opposé tellement ennuyeux.

« Tu crois ? »

Je me mords la lèvre et hoche la tête.

Sa paume se referme sur mon sein gauche, le modelant doucement. « Est-ce que tu aimes quand je t'embrasse ? »

« Oui », je souffle.

Gavin hoche la tête, sa bouche se courbant légèrement. Il examine mon corps comme s'il essayait de résoudre un puzzle. « Je crois que je dois embrasser tes seins pour être sûr que tu aimes que je joue avec eux. »

Le simple fait d'imaginer cela me donne le vertige. « Est-ce que c'est... quelque chose que les gens font ? »

« Si tu aimes ça, Alana, je peux le faire. Tout le temps. » Il abaisse sa bouche sur mon sein, serrant le globe dans sa prise pour que mon mamelon se détende encore plus. Son souffle effleure le bourgeon sensible et mes hanches se tordent sur le lit. « On peut jouer comme ça, quand on veut. Juste toi et papa. » Son érection pulse contre ma hanche, une faim flagrante affichée sur son beau visage. « Hoche la tête si tu aimes jouer. »

Mon hochement de tête est immédiat.

Il gémit.

Je ne me sens plus moi-même.

D'une certaine manière, je me suis retrouvée transportée dans un autre temps et un autre lieu. Nous sommes des versions différentes de la même personne et ce que nous faisons est mal. Mais nous ne pouvons pas nous en empêcher. Le désir de Gavin est devenu le mien et l'instinct me gouverne maintenant, nous donnant ce que nous voulons tous les deux. Je rassemble toute ma timidité et la mets en valeur pour lui, m'excitant au passage.

« J'aime jouer », je murmure.

Je vois le désir s'élargir dans les pupilles de Gavin, juste avant qu'il ne baisse la tête et referme sa bouche brûlante autour de mon téton. Il suce doucement, caressant le pic serré avec sa langue, et mon genou - celui qu'il n'a pas immobilisé - se soulève automatiquement. C'est comme si une ligne fixe passait entre mon téton et mon sexe - et qu'il venait de passer un appel longue distance.

« Papa », dis-je en gémissant.

Gavin arrache sa bouche de ma poitrine, respirant lourdement. « Putain, petite fille, tes tétons ont le goût de cerises fraîchement cueillies. » Il se balance contre ma hanche, serrant les dents. « Donne-moi une minute ou je vais jouir dans mon foutu pantalon. »

Guidé par mon instinct, je tendis la lèvre inférieure. « Qu'est-ce que ça veut dire ? »

Il enfouit son visage dans mon cou. « Jésus. Christ. » Il lui faut un moment pour se ressaisir, tourne son visage et presse des baisers chauds, bouche ouverte, sous mon oreille. « Tu sens à quel point tu as agrandi ma bite, n'est-ce pas, Alana ? »

"Oui."

« Eh bien, ça ne peut pas rester comme ça. » Sa voix vibre de faim. De frustration. « Ça fait mal quand tu rends les choses si difficiles. »

Je fronce le nez. « Comment puis-je rendre cela difficile ? »

« Ah, princesse. Tout ce que tu fais rend les choses difficiles. Le mettre en toi est le seul remède. » Gavin se soulève directement au-dessus de moi, enfermant mon corps dans ses bras fléchis. Il positionne ses genoux à l'intérieur de mes cuisses, les écartant d'un mouvement précis. Avec mes jambes écartées, les pétales de ma chair se déploient, l'humidité s'échappant pour se déplacer humidement dans la fente de mes fesses. Je suis exposée et haletante et je ne peux rien y faire, car l'homme qui se dresse au-dessus de moi donne les ordres - et je veux qu'il le fasse.

J'ai besoin de lui.

« Papa. » La timidité envahit mes mouvements, je me déplace sur le lit et essaie de fermer mes cuisses, sachant que je n'y arriverai pas. « Je ne porte pas de culotte. »

« Oh, j'en suis bien conscient. C'est l'une des choses qui rendent ma bite dure. » Lentement, il abaisse ses genoux jusqu'au creux de mes hanches, la crête d'acier de son manche pressant fermement contre mon sexe nu et trempé, rien d'autre que la couche de son slip entre nous. « Sachant à quel point nous sommes proches. »

Je résiste à l'envie de tirer ses hanches plus près de moi, mon corps réclamant une friction. Plus de contact. N'importe quoi. « À quelle distance sommes-nous de quoi ? »

« Papa baise sa princesse », dit-il en se mettant à me baiser sérieusement, les cordes de son cou tendues. « Tu vas être si gentille avec moi, n'est-ce pas ? Tu vas me laisser faire ce dont je rêve depuis si longtemps. »

« Tu rêves de moi ? »

« Mon Dieu, oui, Alana », grogne-t-il en me mordillant le cou. « Tu as fait de très vilains rêves. »

Mon expression est dubitative. « Je pensais que c'était mal d'être vilain. »

« C'est bon tant que tu es avec moi. » Sa bouche capture la mienne, m'emprisonnant dans un baiser humide et passionné. « C'est seulement bien d'être coquin avec moi. Très bien. »

Avec un halètement excité, j'enroule mes jambes autour de ses hanches. « Est-ce que j'aurai une récompense ? »

La sueur perlait sur les sourcils de Gavin, ses yeux étaient presque noirs d'excitation. « Oui. Je t'achèterai tout ce que tu veux si nous pouvons jouer aussi souvent que je le souhaite. Mais un jour, mon sperme sera ta récompense préférée. Tu me chercheras pour ça, princesse, et je l'aurai toujours en réserve. » Il fait glisser les doigts de sa main gauche le long du centre de mon corps, enfonçant les lèvres de mon sexe avec son majeur. « Mon Dieu, tu es une magnifique et parfaite épave. »

La révérence dans sa voix, le désir et l'admiration, me font écarter les genoux, faisant travailler mes hanches sous les siennes. Son érection appuie lourdement sur mon paquet de nerfs, se balançant doucement, comme si nous savions tous les deux que c'était mauvais, mais rien ne peut nous arrêter maintenant.

« Papa », je sanglote en cambrant le dos pour le tenter. « Laisse-moi te guérir. »

Au moment où j'ai fini de formuler ma demande, Gavin est un homme au bord de la folie. Il y a un grondement continu de désir venant de sa poitrine alors qu'il enfonce son slip, enfonçant sa tige entre nous. Ma bouche s'ouvre à la vue de celle-ci, légèrement violette, engorgée et dégoulinant d'une substance laiteuse sur mon ventre. « Putain. » Il fait glisser la pointe de son excitation rigide vers le haut et vers l'arrière, sur mon entrée. « Je la chevauche nue. Je ne peux pas m'arrêter. »

« Ne t'arrête pas », je l'exhorte à bout de souffle, en faisant glisser mes paumes sur ses pectoraux et en les posant sur ses épaules, m'accrochant à lui. « J'ai besoin de toi. »

« Je ne t'ai même pas doigté », dit-il d'une voix saccadée, en poussant l'ouverture humide de mon sexe, essayant de faire pénétrer sa chair dure à l'intérieur. « Je n'ai même pas léché ta chatte. »

« Je m'en fiche », je gémis, glissant mes mains dans son dos et griffant ses hanches. Je suis consumée par le besoin de quelque chose que je ne comprends pas. Quelque chose avec lequel je n'ai aucune expérience. Mais cet homme et moi sommes connectés par quelque chose d'intangible, ainsi que par une alchimie physique bouleversante, et je ne peux pas survivre à d'autres retards avant de le sentir. Tout de lui. « Papa. Je veux ma récompense maintenant ! »

Avec un rugissement étranglé, Gavin s'enfonce en moi. En partie, du moins. Il lui faut plusieurs mouvements de hanches exigeants pour l'asseoir complètement - et tout ce que je peux faire, c'est haleter à chaque nouveau centimètre épais tandis que la douleur envahit mes membres, mon ventre. Oh, oh, je ne sais pas ce qui se passe. Suis-je dans la misère ou est-ce de l'extase ? Ça fait mal et ça me donne envie de plaisir en même temps. Mes cuisses tremblent et plus d'humidité se précipite là où nos corps se rejoignent. Même si la pression est pinçante, je ne peux m'empêcher d'enfoncer mes doigts dans le bas de son dos et de le serrer plus fort.

Gavin siffle entre ses dents. « Putain de Dieu, c'est tellement humide et serré. Ne bouge pas, putain, ou je vais renverser. »

« Je ne peux pas m'arrêter », répondis-je d'une voix saccadée, mes genoux se soulevant en mode pilote automatique, vers mes épaules, enfonçant son immensité encore plus profondément. « Je ne peux pas rester immobile. Je ne peux pas. La pression. S'il te plaît. »

« J'ai senti ta cerise éclater, Alana », dit Gavin d'une voix rauque, son poids me poussant lentement vers le bas, ses lèvres haletantes effleurant les miennes. « Tu as besoin de temps. »

Même lorsqu'il le dit, ses hanches commencent à bouger.

« Bon sang, hurle-t-il dans mon cou. Dis-moi de ralentir. »

« Non », je halète.

Il n'y a aucune aide pour la gravité sexuelle entre nous.

C'est comme si on nous y obligeait.

« J'ai besoin de toi, papa », je murmure en taquinant ses flancs avec l'intérieur de mes cuisses. « Prends-moi. »

Quelque chose l'envahit. Un moment d'immobilité. Une de ses mains se lève et s'enroule autour de ma gorge. « Ma petite fille », dit-il d'une voix rauque, en serrant. « La mienne. »

Mon expression est un mélange d'innocence, de compréhension et de désir naissant. Pour cet homme. Cet homme interdit qu'il représente. « Oui. »

Les yeux rivés l'un sur l'autre, Gavin commence à me baiser. Il commence par des essais, le pendule de ses couilles rebondissant légèrement sur mon derrière. Mais en quelques secondes, il se rue contre moi, son corps se tend, les ressorts du lit grincent sous nos pieds. La frénésie qui le prend est ce contre quoi Estelle a essayé de me mettre en garde, je crois. Il perd son humanité, son visage se tord sous un masque de douleur, la douceur l'abandonne.

De tout son poids sur moi, Gavin soulève mes genoux et les drape sur ses épaules, ses hanches se soulèvent et se rabattent, son sexe se raidit et s'allonge encore plus à l'intérieur de moi, atteignant des endroits qui me font rouler les yeux dans la tête, créent un fardeau enroulé au plus profond de mon ventre. « C'est seulement pour ton papa », chante-t-il. « C'est seulement pour ton papa. »

« Oui. » Oh mon Dieu, quel est cet endroit qu'il touche ? C'est comme un point de pression magique qui envoie des signaux à ce bouton caché dans mes plis et... mes hanches se cabrent. « Oh ! » Il a lâché ma gorge et maintenant il la touche. Il touche cette perle de sensations déroutantes que je n'arrivais jamais à comprendre. Son pouce la caresse brutalement et c'est à ce moment-là que je m'arrête habituellement parce que l'assaut de bonheur devient trop fort. Mais Gavin ne fait qu'appuyer plus fort, son pouce donnant une friction ferme et implacable. « C'est trop. C'est trop ! Que va-t-il se passer ? »

Les yeux aiguisés par le désir de Gavin s'illuminent de compréhension, car cela ne m'est jamais arrivé auparavant. Que je n'ai jamais été aussi loin. Son choc est remplacé par la détermination et quelque chose de doux, en même temps. L'affection adoucit sa bouche alors qu'il la pose sur la mienne, m'embrassant lentement, de manière câline. « Je suis là maintenant, princesse. Tu peux te laisser aller. Trayez ma grosse bite avec ton premier orgasme. » Il accélère le battement de son pouce sur mon clitoris, sa virilité pleine à craquer me caressant profondément, si profondément que je ne peux pas penser, seulement ressentir. « Tu peux le faire, petite fille. Tu peux faire ça pour papa et me rendre si fière. »

Le cri qui monte en moi n'est pas seulement audible, c'est un serrement de muscles et de tissus. C'est l'incroyable et ultime resserrement en moi qui se déchaîne soudainement, apportant un déluge de plaisir si sauvage que je dois le combattre. Je me débats sous Gavin, mais il attrape mes poignets et me maintient au sol, gémissant de manière brisée dans mes cheveux alors que je me débats, l'orgasme qui m'a échappé si longtemps me déchirant. Mes parois intérieures se resserrent autour de la chair épaisse de Gavin et elle commence à spasmer, Gavin hurlant une malédiction dans mon cou, ses hanches claquant contre les miennes avec des poussées violentes, une abondance de chaleur liquide jaillissant de son corps dans le mien, s'échappant et parcourant mes cuisses et mes fesses, mais il continue à pomper, fracassant la tête de lit contre le mur, encore et encore, ses gémissements devenant rauques jusqu'à ce qu'il s'effondre finalement sur moi.

Je ne sais pas combien de temps nous sommes restés allongés là, mes cuisses en bandoulière sur ses épaules, nos respirations laborieuses remplissant la pièce. Peut-être que deux minutes se sont écoulées lorsque Gavin relâche mes jambes, les laissant retomber sur le lit de chaque côté de ses hanches. Il lève les yeux vers les miens et ils sont pleins d'incrédulité, pleins de quelque chose de plus profond que l'affection.

Quelque chose de plus proche de l'obsession, même si je ne l'ai jamais vu de près.

Mes doigts tremblent en sa présence. Mon cœur s'arrête de battre.

Ma petite fille. La mienne.

« Je vais avoir besoin de bien plus qu'une putain d'heure avec toi, Alana », dit-il, sa voix pleine d'intensité. « Bien plus longtemps. Tu me comprends ? » Il se penche et caresse mon téton du bout de sa langue, qui se lève, comme sur commande. « On va avoir une discussion, toi et moi. Si j'arrive à garder ma bite hors de toi pendant cinq minutes. »

Hypnotisée par une telle possession, je ne peux que hocher la tête. « D'accord. »

Gavin se redresse, sa réticence est évidente. Il se lève et remonte son pantalon. Un pantalon qui n'a jamais dépassé ses genoux, replaçant son érection encore à moitié dure dans son slip. « Je vais payer pour quelques heures supplémentaires. Ne bouge pas de ce lit. »

Je me redresse, toujours désorientée par mon orgasme. « Pourquoi n'irions-nous pas ailleurs pour parler ? »

Gavin lève un sourcil. « Où ? Dans un café ? » Son regard tombe sur mon sexe qui fuit. « Que Dieu me vienne en aide, Alana, je finirai par te baiser sur la vitrine. »

Déglutition. « Oh. »

Son amusement fait tressaillir mes lèvres, mais l'étincelle dans ses yeux se transforme rapidement en inquiétude. Il s'approche du lit et tend la main pour caresser ma joue. « Est-ce que ça va ? » Son pouce effleure le creux de mes lèvres. « Je ne me pardonnerai jamais si je t'ai blessée. »

Quelque chose se serre dans ma poitrine. « C'était parfait », je murmure.

Une ride se dessine sur sa joue. « Absolument. » Sa main retombe et il recule. « Ne bouge pas. »

Quand la porte se referme derrière lui un instant plus tard, je me jette sur l'oreiller et je regarde le plafond bouche bée. Oh mon Dieu. Que vient-il de se passer ? Je crois... Je crois que je pourrais avoir de sérieux sentiments pour cet homme que je ne connais que depuis une heure. Cet homme qui a pris ma virginité.

À ce rappel, je rejette les couvertures et découvre une tache de sang rouge vif sur le drap blanc, de la taille d'un pétale de rose. Mes mains se lèvent pour couvrir ma bouche souriante. De quoi Gavin veut-il me parler ? Veut-il être mon petit ami ? Je ne connais même pas son nom de famille.

Non, tout ce que je sais de lui, c'est son secret.

Un filet de désir me réchauffe et je me lève pour me nettoyer. Dès que mes pieds touchent le sol, on frappe à la porte. Pensant que c'est Gavin et qu'il a accidentellement verrouillé la porte, je vais l'entrouvrir et je trouve Ripley à la place.

Son visage est strié de larmes de mascara noir et elle serre la robe bleue autour de son corps tremblant. « Je dois y aller », murmure-t-elle d'une voix brisée. « Je dois sortir d'ici. Tout de suite. »

L'inquiétude efface tout désir qui me restait. « Oh mon Dieu, Rip. Que s'est-il passé ? »

« Je te le dirai plus tard, mais s'il te plaît, ramène-moi chez moi. » Elle jette un regard nerveux dans le couloir. « Maintenant ? »

Le code des meilleures amies m'oblige à ne pas hésiter. Ripley n'est pas du genre à supplier, alors je sais que c'est sérieux. « Bien sûr. » Je passe à l'action, je ramasse ma robe de chambre par terre et je la ceinture autour de ma taille. Quand je sors dans le couloir, je m'attends à ce que nous fassions un détour par le vestiaire pour récupérer nos vêtements, mais Ripley se dirige déjà vers la sortie de secours. « Attends », je l'appelle dans un murmure de scène. « J'ai besoin de mes clés de voiture. »

Elle les fait pendre sur son épaule sans ralentir.

Pendant quelques secondes, j'hésite sur le seuil de la porte de sortie de secours menant au parking. Je regarde derrière moi le bordel sombre et supplie Gavin d'apparaître, pour que je puisse m'expliquer. Pour que je puisse lui donner mon numéro de téléphone. Mais il ne le fait pas, et je n'ai plus de temps, inquiète pour mon meilleur ami qui m'entraîne dans l'air frais de l'automne.

Vous trouverez un moyen d'obtenir ses informations.

Et j'essaie. Je fais vraiment de mon mieux. Malheureusement, Estelle refuse de me donner ses coordonnées pour des raisons de confidentialité, et mes recherches en ligne n'ont pas grand-chose à voir avec ça. Une semaine plus tard, lorsque le paiement a été transféré sur mon compte bancaire et que je pars à l'école d'art, j'ai perdu tout espoir de revoir un jour Gavin, même si les souvenirs de son contact continuent de me réveiller au milieu de la nuit, la sueur recouvrant mon corps, son nom sur mes lèvres.

S'il n'y avait pas l'argent, je penserais que tout cela n'était qu'un rêve.

Je ne sais pas qu'au premier jour de cours, cette théorie sera complètement brisée.

Chapitre 4

Gavin

C'est le premier jour du nouveau semestre et je devrais penser à la conférence qui m'attend. Je vais rencontrer une nouvelle cohorte d'étudiants aujourd'hui. Normalement, je serais au moins légèrement optimiste quant à la possibilité de trouver parmi eux un brillant œil de photographe. Mais alors que je récupère ma nouvelle liste de cours au bureau principal, la glisse dans ma serviette en cuir et me dirige péniblement vers l'aile de photographie, je ne parviens même pas à susciter le moindre intérêt.

Chaque jour de la semaine dernière a été un véritable combat.

Depuis que je suis rentré dans la pièce du bordel et qu'Alana n'était plus là, un étau s'est resserré autour de mon crâne. Aucune somme d'argent ni aucune négociation ne pourraient obtenir ses informations d'Estelle. Une partie de moi sait que la tenancière a pris la bonne décision en me refusant toute information, car j'ai fait irruption dans son bureau comme un foutu ouragan, menaçant de tout démolir à mains nues si Alana ne m'était pas présentée immédiatement. Il n'était pas étonnant qu'elle ne veuille pas offrir une jeune fille à un homme violent et visiblement obsédé. Pour autant qu'Estelle le sache, Alana s'était enfuie de chez moi pour une bonne raison.

L'avait-elle ?

J'ai rejoué cette nuit encore et encore dans ma tête. À chaque fois, mes actions me semblent un peu plus salaces. Un peu plus dépravées. Surtout quand je me souviens de la tache de sang au centre de la couette, de la sensation d'innocence qu'elle ressentait lorsqu'elle cédait la place à ma bite.

J'ai baisé une vierge. Durement. J'ai rendu toute cette histoire sale et interdite, alors que ça aurait dû être parfait pour elle. Elle s'est probablement enfuie, espèce de monstre.

Bien sûr, elle a fait semblant d'aimer ce que tu lui as fait. Elle était payée.

Je m'arrête devant ma salle de classe et m'appuie contre le mur, me massant l'arête du nez, ne voulant pas entrer tant que je ne serai pas le professeur calme et serein que j'ai toujours été. D'une manière ou d'une autre, je dois traverser cette journée, et la suivante, et la suivante, sans savoir où Alana est allée. Si elle est traumatisée. Ou tout aussi mal, en difficulté. Je ne me suis jamais arrêté pour lui demander pourquoi elle avait besoin d'argent, n'est-ce pas ? Pour autant que je sache, elle fuyait un foyer violent ou...

Mon Dieu, je ne peux pas supporter ces possibilités.

Mon cœur bat fort maintenant et je respire pour le ralentir.

Aujourd'hui, je dois passer mon entretien devant le conseil d'administration. Ils voteront pour savoir s'ils veulent ou non m'intégrer et ils refuseront certainement mon adhésion si je suis un cas désespéré. Après avoir obtenu ma titularisation l'année dernière, c'était la prochaine étape de mon plan. C'est ce vers quoi je travaille depuis que j'ai accepté ce poste à l'université. Un membre du conseil est respecté par ses pairs. Il a une plus grande influence sur la façon dont chaque département est financé. Une fois que j'aurai été élu, je compte faire du programme de photographie l'un des plus respectés du pays.

Tous les objectifs que je me suis fixés dans ma vie étaient professionnels.

Élevé par un président d'université et un professeur de philosophie, on m'a appris à attendre de moi-même la grandeur sous la forme de réalisations académiques.

Je dois surmonter le fait que rien de tout cela ne me semble important maintenant. Sans elle.

Cela me rend fou, n'est-ce pas ? J'ai travaillé toute ma vie pour atteindre mes objectifs professionnels. Je connais Alana depuis une heure. Et pourtant, j'ai à peine le courage de pousser la porte de la salle de cours et d'y entrer.

Les conversations se taisent dans les gradins, ce qui me fait comprendre que ma réputation de salaud pragmatique m'a précédé. Tant mieux. Je ne suis pas d'humeur à raconter des conneries aujourd'hui. La douleur aiguë au milieu de ma poitrine me laisse penser que je ne le serai plus jamais.

La plupart de mes cours se déroulent sur le terrain ou dans la chambre noire, mais je consacre une semaine à donner des conférences sur les bases de la photographie, en citant les travaux de certains des géants de mon domaine. Je pose donc ma serviette en cuir sur le bureau, au centre de la salle de cours, et je l'ouvre brusquement pour en sortir mes notes et les diapositives que je projetterai au-dessus de ma tête.

C'est la brusque inspiration qui me fait lever les yeux. Je connais ce bruit. Aussi léger soit-il dans cette pièce géante, il enfonce ses griffes dans mon ventre et me tord.

C'est le bruit qu'Alana a fait quand j'ai fait éclater sa cerise.

Ma bite se raidit déjà au souvenir, à la possibilité qu'elle soit proche, quand je lève les yeux et la trouve en train de me regarder.

Ma petite fille est assise au premier rang de ma putain d'amphithéâtre.

Sa bouche est grande ouverte, ses joues sont d'un rose éclatant. Elle me regarde avec stupeur... mais il y a aussi du soulagement dans ses yeux d'une couleur différente.

S'il n'y avait pas eu une centaine d'autres yeux rivés sur chacun de mes mouvements, je me serais peut-être effondré sur le bureau avec mon propre soulagement. Elle est là. Elle est là, putain – vivante, en bonne santé, la plus belle chose que j'ai jamais vue de ma vie. Dans une jupe ample à fleurs et un haut blanc à licou, je pourrais la manger vivante. Ses jambes souples sont croisées, permettant à la jupe de tomber et de révéler la longueur lisse de sa cuisse extérieure. Ses seins sont ronds et haut dans l'encolure de son haut, ses cheveux en queue de cheval lâche. Sans effort, magnifique et jeune. Mon Dieu, elle est tellement jeune. C'était évident dans le bordel, mais la voir parmi mes élèves le fait vraiment comprendre.

Mon instinct me pousse à aller la chercher, à la porter dans le couloir jusqu'à mon bureau et à la baiser jusqu'à l'aveugle. À exiger de savoir si je lui ai fait du mal. À exiger de savoir où diable elle est allée. À moi. À moi. J'ai besoin d'elle maintenant.

Mais avec mes deux mondes en collision, tout me revient en mémoire. Ce que nous avons fait sur ce lit, les choses que je lui ai dites, le jeu tabou auquel nous avons joué. Comment ma faim était censée rester secrète. Loin de ma vie professionnelle. Ne jamais y toucher, ne jamais même souffler dessus. Maintenant, la personne que j'ai payée pour m'appeler papa pendant que je la critiquais est assise au premier rang de ma classe. Alana est mon élève.

Quelqu'un dans la salle de cours s'éclaircit la gorge, mal à l'aise, et je me rends compte que je fixe Alana depuis une minute entière, essayant de comprendre sa présence là. Est-ce que je me suis déjà trahi ? Que vais-je faire à ce sujet ?

Oh, je sais ce que j'aimerais faire. Garder Alana.

Tout savoir sur elle, entrer dans sa tête, la faire entrer encore plus profondément dans la mienne et ne jamais remonter à la surface. Quand je suis retourné dans la chambre du bordel, c'est exactement ce que j'avais prévu de faire. Tout savoir sur sa situation et trouver comment faire pour que nous puissions travailler ensemble, malgré la différence d'âge. Malgré le fait qu'elle soit au courant de ma soif. J'étais prêt à faire fi de toute prudence car après l'avoir eue, je ne pouvais pas imaginer ne plus l'avoir pour toujours.

Maintenant que je sais qu'elle est mon élève ?

Rien de tout cela n'est possible.

J'avale ma salive et détourne mon attention d'Alana, commençant mon cours d'une voix rauque. Ma bite est à pleine puissance, alors je passe la leçon derrière le podium, impuissant à empêcher mon regard de revenir vers elle, buvant sa beauté encore et encore. Tout au long du cours de soixante minutes, elle ne perd jamais cette expression légèrement hébétée, même si je remarque qu'elle essaie de prendre des notes dans un cahier à spirale raisonnable. Et bon sang, comme si j'avais besoin d'une raison supplémentaire pour être excité... mes couilles deviennent lourdes à la vue de cela. Alana me regarde et comprend sa leçon. Elle écoute comme une bonne fille. Elle veut l'approbation de papa.

Tu es un homme mauvais.

Cette vérité n'est jamais aussi évidente que lorsque je termine le cours et demande sèchement à Alana de me rejoindre dans mon bureau. Je sens que certains étudiants nous lancent des regards surpris alors qu'ils préparent leurs sacs, mais je les ignore et range mes diapositives. Je ferme ma mallette d'un coup sec, croisant le regard d'Alana par-dessus, et nous sortons ensemble de la salle de classe. Nous sommes à quelques centimètres l'une de l'autre, mais elle pourrait aussi bien avoir ses jambes enroulées autour de moi vu la réaction de ma bite.

Je n'ai jamais été attirée par un étudiant. Pas même par un intérêt passager.

C'est par leur travail que je les distingue.

Mais quand je déverrouille la porte de mon bureau et que je fais un pas en arrière, permettant à Alana de me précéder à l'intérieur, la façon dont elle serre les manuels contre sa poitrine, sa queue de cheval se balançant doucement, innocemment, me rend si excitée que je dois ajuster mon érection, un gémissement sourd se formant dans ma gorge. Je vois la chair de poule lui monter dans le cou. Ses yeux perdent leur concentration.

Je ferme la porte à coups de poing et je tourne la serrure.

Le manuel lui glisse des doigts et je suis sur elle avant que le livre ne touche le sol.

Je la soulève par les fesses, la plaque contre la porte, mes hanches se faufilent entre ses cuisses, la faisant rebondir brutalement. « Je t'ai dit de ne pas bouger, » je grogne contre sa bouche. « Je t'ai dit de rester dans cette putain de pièce, petite fille. »

« Je suis désolée, je suis désolée », sanglote-t-elle, ses paumes fraîches se moulant sur les côtés de mon visage. « Mon amie a eu une urgence et je ne pouvais pas t'attendre. Estelle n'a pas voulu me donner d'informations. Mais j'ai essayé de les obtenir. Je te le promets. »

Bon Dieu, je n'aurais jamais imaginé qu'Alana puisse me chercher. Le fait qu'elle ait essayé me rend la langue dure. « Même si elle t'avait donné mon numéro, je lui ai donné de fausses informations. Je ne voulais pas... »

Elle frotte son front contre le mien, ronronnant dans sa gorge, comme si je lui manquais. Elle avait envie de moi. Putain. Je suis fou de cette fille. « Tu ne voulais pas quoi ? »

« N'importe quelle partie de cette nuit-là... a été utilisée contre moi. Je voulais rester anonyme. »

Alana grimace adorablement. « Oups. »

« Princesse », je gémis en l'embrassant, caressant ma langue aussi profondément que je peux, sentant sa chatte se ramollir et chauffer contre mon renflement. Un coup sur ma braguette et je pourrais être de retour au paradis. De retour à l'intérieur de ma fille. « S'il te plaît, dis-moi que tu n'avais pas besoin de cet argent pour les frais de scolarité. »

« Je ne le regrette pas », murmure-t-elle en sirotant ma lèvre inférieure. « Je ne le regretterai jamais. Je suis juste si heureuse que nous nous soyons trouvés. »

La peur commence à ternir mon bonheur, mais je l'ignore. Je veux l'ignorer aussi longtemps que possible. Comment suis-je censé lui dire qu'être ensemble pourrait me ruiner ? Je suis son professeur. Je suis responsable de sa note. Les membres du conseil d'administration sont tenus d'être irréprochables – et baiser une étudiante est tout le contraire. Bon sang, je n'arrive pas à croire que cela arrive. Elle est mon rêve devenu réalité, mais la réalité pourrait nous séparer. « Tu es diplômée en photographie », dis-je d'un ton bourru, voulant m'accrocher à ce moment le plus longtemps possible. « Qu'est-ce que tu aimes photographier ? »

« Des bêtises », murmure-t-elle, les yeux pétillants. « Ma photo préférée était celle d'une demoiselle d'honneur ivre au mariage de ma cousine. Elle a dansé tout le cha-cha-cha-slide avec sa robe coincée dans ses collants. Je veux que mes photos fassent rire les gens. »

« Ça ne me surprend pas, murmurai-je en déposant un baiser sur son épaule nue. Tu as évoqué les couilles tombantes avant même de me dire ton nom. »

Son rire me réchauffe de la tête aux pieds. « Tu ne pourras pas dire que je n'ai pas fait bonne impression. »

« Mon Dieu, oui, tu l'as fait. » Le sourire s'efface lentement de mon visage, une rupture se produisant au plus profond de moi. « Alana, les relations entre professeurs et étudiants... »

« Oh, allez, » interrompt-elle avec un rire triste, la voix tremblante. « Ne pouvons-nous pas faire comme si les règles n'existaient pas un instant ? »

Cela m'apprendra à sous-estimer cette fille. Quand nous sommes entrés dans mon bureau, elle savait déjà ce qui allait arriver. En plus d'être belle, intelligente et drôle comme tout le monde, elle est astucieuse. On ne peut pas vraiment s'attendre à ce que je la laisse partir, n'est-ce pas ? « J'ai peur que nous ne puissions plus faire semblant », dis-je, le tic-tac de l'horloge murale résonnant bruyamment dans mes oreilles. « Je suis en route pour un entretien pour le conseil d'administration de l'université. J'y travaille depuis des années et tout se joue aujourd'hui. » Je la regarde dans les yeux et je peux voir qu'elle s'est déjà préparée. « Il n'y a aucune règle officielle ici interdisant à un professeur de sortir avec son élève. Mais le conseil ne l'autoriserait jamais de la part d'un membre. Surtout... Mon Dieu, Alana, tu es en première année. Dix-huit ans. »

« N'est-ce pas l'une des choses que tu aimes chez moi, papa ? » murmure-t-elle contre mon oreille, ses cuisses se resserrant plus fort autour de mes hanches.

La pièce tourne autour de moi. Je sens les pulsations de ma bite dans mon ventre, mes doigts. J'ai envie de la cogner contre cette porte, au diable les règles. Mais je ne peux pas. « Sois fair-play, Alana. »

« Désolée », souffle-t-elle, les yeux brillants. « Je n'y pense plus maintenant. »

Nos lèvres se frôlent et nous gémissons tous les deux au contact de la foudre. « Vraiment ? »

« Il le faut, n'est-ce pas ? » Sans me regarder, elle lâche ses jambes et se tortille pour sortir de la pièce. « Écoute... » Elle respire lourdement et se baisse pour prendre son manuel, le tenant devant elle comme un bouclier. « La dernière chose que je veux faire, c'est nuire à ta carrière, Gavin. Surtout si l'on considère que c'est grâce à toi que je suis ici. »

« Ne dis pas ça », dis-je d'une voix rauque, détestant la distance qu'elle a mise entre nous.

« C'est vrai. »

Elle hausse les épaules brusquement, et je vois que je l'ai perdue. Je l'avais quand nous sommes entrés ici, mais je l'ai perdue maintenant. Malgré sa perspicacité, elle m'a suivi dans mon bureau avec l'espoir que je saurais comment faire fonctionner une relation entre nous. Mais je l'ai laissée tomber, n'est-ce pas ? L'échec de cette démarche m'étouffe presque. À ce moment-là, je suis désespérée de retirer tout ce que j'ai dit. À propos du conseil d'administration. À propos des règles. Rien de tout cela ne semble avoir d'importance quand la confiance que j'ai gagnée auprès d'Alana a disparu de ses yeux. S'est évaporée comme si elle n'avait jamais existé.

Je souhaite depuis longtemps faire partie du conseil d'administration. Ils ne voteront jamais pour moi si je me permets, moi, un homme de trente-trois ans, de sortir avec cette adolescente au visage frais. Mais même si ma carrière me rend heureux, ai-je déjà été plus heureux que lorsque je suis avec Alana ?

Ai-je déjà été plus moi-même ?

Oh Jésus, j'ai merdé. J'ai mis trop de temps à prendre la bonne décision.

Et maintenant j'ai perdu sa confiance. Un vide douloureux existe là où elle était auparavant.

« Alana... »

« Je ne le dirai jamais à personne. Je le jure. » Elle sourit courageusement, mais son sourire vacille. « Cela n'est jamais arrivé. »

Bon sang, ce n'est pas le cas.

À ma plus grande horreur, les larmes commencent à couler de ses yeux et elle se précipite vers la porte, le visage taché de rouge. Je la rattrape alors qu'elle l'ouvre, avec l'intention de la suivre, puis je la traîne dans mon bureau et m'excuse jusqu'à ce que je sois essoufflé, mais un de mes collègues se tient sur le pas de ma porte, le poing levé pour frapper. « Oh. » Il jette un regard suspicieux à Alana, puis se tourne vers moi. « Je venais juste te chercher pour l'entretien. Le jury est prêt. »

« Excusez-moi », murmure Alana en passant devant l'homme. « Merci pour le conseil, professeur. »

Professeur ?

Putain.

« Alana, dis-je entre mes dents, la panique me rongeant les os. Attends. »

Mais quand je fais tourner ma collègue, elle est accueillie par un groupe d'étudiants, dont certains que je reconnais depuis mon cours. Ils ont dû la rencontrer lors de l'orientation car ils l'aiment déjà, et l'un d'eux lève les mains comme pour dire "Voilà !".

Je ne peux m'empêcher de remarquer que les garçons font partie de ce groupe. Ils regardent mon Alana avec appréciation, la peau autour de leur bouche se resserre de désir et j'ai envie de commettre un meurtre.

Un putain de meurtre de sang-froid.

Le mien.

Alors que le groupe emmène Alana, elle se tourne vers moi et le temps s'arrête.

C'est comme si elle disait officiellement au revoir à ce que nous avons et c'est le coup de grâce. Je suis allongé sur le dos au centre du ring, l'arbitre me hurle de me relever.

Et je le fais.

Je me remets sur pied et fais savoir à Alana avec mes yeux qu'il y aura un autre round.

Les adieux n'existent pas pour nous.

5

Alain

Je sors le flash de mon Nikon et le place avec précaution dans mon sac photo, en réglant mon ouverture pour pouvoir essayer de photographier sans. Il y a un écureuil qui mange le déjeuner d'un étudiant dans la cour et je vais le lui dire. Un jour ou l'autre. Mais je dois d'abord prendre la photo.

Mes yeux sont irrités par les pleurs de la nuit dernière, mais je les frotte avec le dos de mon poignet et j'aligne la photo dans mon viseur. L'écureuil est sur le point de frapper les briques avec l'un des Cheetos de l'étudiant endormi et...

Merde, je l'ai encore raté.

Mentalement, je surnomme cet écureuil Speedy.

En fronçant le nez, je commence à jouer avec les réglages de mon appareil photo, en espérant pouvoir trouver le bon mode à temps pour attraper le voleur en flagrant délit. Je n'ai pas de cours de sociologie dans une heure et je devrais aller manger quelque chose ou faire une sieste, mais je dois me distraire de la fissure qui semble s'être formée dans mon cœur. Cela m'aiderait probablement de parler à Ripley, mais je suis sincère dans ma promesse à Gavin. Je vais garder son secret.

Connaissant ma meilleure amie, si elle découvrait qu'un homme a brisé mon cœur stupide et naïf, elle attendrait devant sa classe avec un couteau à cran d'arrêt et le découperait comme une dinde.

Cette garce est folle.

Je l'évite un peu, parce qu'elle me regarde et comprend que j'ai fait quelque chose de stupide. Je suis tombée amoureuse d'un membre du sexe opposé et je lui ai fait confiance pour ne pas me faire de mal. C'est une histoire aussi vieille que le monde, n'est-ce pas ? Il n'y a rien de spécial dans mon chagrin personnel, sauf que c'est moi qui dois essayer de respirer malgré le verre brisé dans ma gorge.

Je me rends compte que je suis resté longtemps sans rien voir et je me secoue, me remettant à travailler sur les réglages de mon appareil photo. Qu'est-ce que je pensais qu'il allait se passer quand Gavin est entré dans cette salle de classe ? Qu'il allait dire « au diable les règles » et m'emporter dans le soleil couchant ? La vie ne fonctionne pas comme ça. Les gens ont des responsabilités, des emplois et des priorités. C'est ridicule d'être aussi déprimé parce que je n'étais pas le premier de Gavin.

Et pourtant.

Il y a ce... lien qui s'est formé pendant la nuit dans le bordel. Quand je l'ai appelé par ce nom, quand il m'a demandé de l'appeler par ce nom, il y a eu un transfert de confiance. Il a pris la responsabilité de mes peurs et de mon bonheur et ce titre prononcé dans le feu de l'action... cela semblait impliquer que son côté protecteur s'étendrait partout. Ne laissez jamais rien de mal me toucher.

C'était particulièrement mauvais de sa part.

C'était une illusion efficace, je peux le dire.

C'est peut-être une bonne chose que j'aie surmonté ma première crise de douleur le premier jour de ma première année. Ça ne peut qu'empirer à partir de maintenant, n'est-ce pas ?

Le banc grince sous moi, me faisant savoir que quelqu'un a pris place de l'autre côté, mais je garde la tête baissée, n'ayant pas vraiment envie de rencontrer quelqu'un de nouveau.

« Réglez votre molette de commande sur M avant de régler la vitesse d'obturation », dit la voix grave de Gavin à côté de moi. « Vous devriez l'attraper de cette façon. »

La conscience est comme une main autour de mon cou, des doigts qui me mordent de tous les côtés et m'empêchent d'avaler. « Merci. » Refusant toujours de le regarder, de peur que mon cœur ne sorte de ma bouche et ne finisse son agonie sur ses genoux, je suis ses instructions. Je clique sur la molette de commande pour la position M et règle la vitesse d'obturation sur le chiffre souhaité, je lève l'appareil photo et j'attends, j'attends le bon moment avant de prendre la photo.

Sur l'écran, on voit Speedy en plein saut après avoir détourné une barre de céréales Chewy. « Compris », je souffle, la bouffée de satisfaction me réchauffant suffisamment pour que je puisse au moins respirer à nouveau. « Merci. »

Plusieurs battements s'écoulent. « Tu ne me regardes même pas. »

L'angoisse dans sa voix me fait lever la tête, mes yeux se concentrent sur son visage pour voir qu'il a l'air tout aussi épuisé que moi. Pire encore. Son visage était rasé de près hier pour le premier jour de cours, mais il est couvert de poils maintenant. Je ne devrais pas me demander ce que ces poils grossiers feraient en me grattant les seins, mais c'est apparemment mon sexe qui est aux commandes ici. « Comment s'est passé le vote ? »

« Tout s'est passé comme je l'espérais », dit-il, sans rien ajouter.

Ce qui veut dire qu'il a été élu. Ce qui veut dire que le fait qu'il ne puisse pas être avec moi est double maintenant. Je me déteste pour le poids de la déception qui pèse sur mon ventre. C'est égoïste et immature. « Félicitations », réussis-je à dire. « Je suis sûr que tu as travaillé très dur pour ça. »

Il ne répond pas à ça, il continue à m'observer avec cette intensité qui est la sienne. La façon dont j'ai pris autrefois pour de l'obsession. Mais ce n'est pas possible, sinon il ne m'aurait pas laissée partir. Il n'aurait pas pu. Et de toute façon, est-ce que je veux qu'il soit obsédé par moi ?

Certainement pas.

Ce serait super ennuyeux d'avoir ce professeur sexy qui embrasse comme un Dieu et qui adore la photographie qui me court après. Non merci.

Vraiment convaincant, Alana.

« Vous vivez en dehors du campus. » Ce n'est pas une question. C'est une déclaration de fait. « C'est vrai ? »

« Oui. Avec ma meilleure amie Ripley. »

Une ligne se forme entre ses sourcils. « Tu as besoin d'aide pour payer le loyer, Alana ? »

« Non », dis-je fermement, surprise qu'il me pose cette question. Si le père de Ripley ne payait pas la facture et que je devais payer le loyer, Gavin me donnerait-il vraiment l'argent ? Je devrais être outrée par cette simple suggestion. Mais au lieu de cela, je me sens prise en charge. Comme s'il voulait s'assurer que je sois en sécurité.

Il est juste gentil. Arrête de le prendre pour un idiot.

Je redresse les épaules et m'ordonne d'être amicale. Ce n'est la faute de personne si le destin a décidé de se comporter comme un imbécile. Il ne savait pas qu'il allait devenir mon professeur. S'attendre à ce qu'il abandonne ses rêves pour moi est ridicule. De plus, je suis une étudiante en photographie et il dirige le département, donc je vais le voir beaucoup plus souvent. Mieux vaut adopter un ton amical maintenant. Sourire et supporter, comme une grande fille. « Le père de Rip est un juge très strict chez lui. Il condamne les criminels à la peine de mort comme s'il prenait des vitamines. Nous sommes donc dans une communauté fermée avec une sécurité renforcée. »

"Bien."

« Ouais ? » Je lui lance un tic de nez sceptique. « Je ne sais pas. J'espérais un peu l'expérience de la résidence universitaire. On saute la partie irresponsable et on passe directement à l'âge adulte. Bientôt, je porterai une mallette comme toi. »

Cela le surprend et lui fait éclater un rire profond et riche qui me fait frémir les orteils dans mes sandales. « C'est une mallette qui fait de quelqu'un un adulte ? »

« C'est l'un d'entre eux. » Je fais semblant de jouer avec mon appareil photo, mais en réalité, regarder son beau visage souligné par le soleil me donne envie de prendre une photo et je pense que cela dépasserait la limite que j'essaie de fixer ici. « D'autres choses qui font de quelqu'un un adulte sont les cartes de crédit qui permettent de gagner des miles aériens et un récipient ouvert de bicarbonate de soude dans son réfrigérateur. Je parie que vous avez les deux. »

« Merde. Tu m'as eu. » Son amusement le fait paraître moins fatigué, et j'aime avoir quelque chose à voir avec ça. Si les choses étaient différentes, faire rire cet homme serait mon moment préféré de la journée. Je maintiens son sourire pendant un moment parfait, mais alors que nous gardons le contact visuel, l'air change. Son énergie change. La chaleur filtre dans ses yeux. Une chaleur épaisse et indisciplinée.

Gavin semble sur le point de dire quelque chose d'autre quand mon nom est appelé depuis les marches du bâtiment le plus proche. Ce sont deux des étudiants que j'ai rencontrés plus tôt cette semaine. Leurs sacs à dos en bandoulière, ils descendent les escaliers qui mènent à la cour. L'un d'eux me fait signe, l'autre - Landen, je crois - a l'air... un peu agacé de me voir assis avec notre professeur. Qu'est-ce qui se passe ?

« Hé », je les appelle en leur faisant un rapide signe de la main.

« On fait la fête chez nous ce soir », m'appelle Landen, et je ne me souviens pas que sa voix était aussi grave. Essaie-t-il de la faire paraître plus basse ? Il lève son téléphone. « Tout le monde sera là. Je t'enverrai les détails par SMS. »

Gavin grogne, rien que pour mes oreilles, et un picotement de malaise effleure ma peau.

Je souris aux gars, espérant qu'ils comprendront le message et partiront. « Bien sûr, merci. »

Bien que Landen semble réticent, son ami l'entraîne vers le côté est du campus, nous laissant, Gavin et moi, dans un silence pesant. Pour une raison que j'ignore, je me retrouve à regarder mes genoux, comme si j'attendais d'être punie. Cela ne demande aucune réflexion. Je le fais simplement en mode pilote automatique. Alors que le silence tendu s'étend entre nous, la honte et l'excitation forment un mélange étranger dans mon ventre, se réchauffant et se propageant à mes cuisses.

« Tu as donné ton numéro de téléphone à ces garçons ? » demande Gavin doucement, dangereusement.

« Non, » je murmure. « Je ne l'ai donné qu'à une fille. Elle a dû le faire circuler. »

« Tu me dis la vérité, Alana ? »

Mes genoux commencent à trembler, mais ce n'est pas de peur, c'est d'impatience. Mon père est jaloux. Il me convoite toujours, même si nous ne pouvons pas être ensemble, et c'est quelque chose à laquelle je ne peux m'empêcher de m'accrocher. « Oui. Je ne te mentirais pas. »

Gavin murmure doucement : « Vas-tu aller à cette fête ? »

« Je ne sais pas. Peut-être. » Je me lèche les lèvres. « Les filles sont sympas. Je les aime bien. »

« Je ne m'inquiète pas pour les filles. » Il me lance cette phrase d'un ton sec et je sens son sang-froid s'évaporer. Quand il s'est assis, je ne pense pas qu'il ait eu l'intention d'avoir autre chose qu'une conversation amicale, mais maintenant tout semble avoir changé. Il a été pris au dépourvu. « Ces garçons veulent baiser ma princesse. »

Ma princesse.

Je sens ces deux mots dans mon clitoris, battant comme un battement de cœur, et je pousse un gémissement.

Il n'a pas fini non plus. C'est une erreur de tourner la tête et de croiser son regard, car il est voilé de désir et de jalousie. Et d'intention. Il y a quelque chose d'excitant à être à découvert comme ça, pendant qu'il me regarde comme si j'étais sa proie. Mon corps est ravi d'être le centre de son attention et il réagit en se préparant à une punition sensuelle.

« Si l'un d'entre eux pose le moindre doigt sur toi, Alana, ils ne vivront pas assez longtemps pour voir la remise des diplômes. Est-ce que c'est clair ? »

Sa possessivité est comme une drogue qui déferle dans mon sang. Plus tard, je m'inquiéterai de ce que cela signifie qu'il donne cet ordre. Ce que cela signifie que j'obéisse. Plus tard, je me demanderai s'il veut me garder comme son amante secrète et ne jamais le dire à personne. Je

SON ÉLÈVE PRIMÉ   49

me demanderai pourquoi cela me donne envie de pleurer suffisamment
de larmes pour remplir un océan. Plus tard. Pour l'instant, je ne peux
qu'obéir à mon instinct. « Oui. Nous sommes d'accord. »

Mon accord ne l'adoucit pas, même si ses joues se contractent. «
Dis-moi, Alana. Si les miles de fidélité et une mallette font de quelqu'un
un adulte... qu'est-ce qui fait de quelqu'un une petite fille ? »

Un nuage passe devant le soleil, mais mon frisson n'a rien à voir
avec le froid soudain. Le désir se répand sur la couture de ma culotte
et je rapproche mes cuisses pour le cacher, mais ses yeux suivent le
mouvement avec précision. « Gavin, » je murmure en tremblant. «
Nous ne devrions pas... tout le monde peut nous voir. »

« Réponds-moi, Alana. » Sa voix est basse, hypnotique. Elle
résonne dans mon ventre et plus bas. Partout. « Qu'est-ce qui fait de
toi une petite fille ? »

J'ai du mal à respirer. Je regarde autour de moi, m'attendant à ce que
tout le monde dans le carré me voie me transformer en boule de feu sur
ce banc, mais la vie continue comme d'habitude. « Je ne sais pas. »

« Est-ce moi qui te rends comme ça ? » Il pose un bras le long du
dossier du banc, enroulant une boucle de cheveux sur ma nuque autour
de son doigt. « Est-ce la façon dont je t'ai maintenue et dont je me suis
enfoncée dans ta chatte serrée de fille... et l'excitation de faire plaisir à
papa a éclipsé l'inconfort si complètement que tu as à peine ressenti la
douleur ? »

J'ai l'impression de m'être liquéfiée en métal chaud et de ne faire
qu'un avec les lattes dures. Si je bouge, je vais me briser, je le sais. Je le
sais. Mon clitoris palpite et me fait mal entre mes jambes, comme s'il
savait que celui qui a appris ses secrets est à proximité et qu'il en voulait
plus.

« Est-ce que c'est ton désir de plaire ? Ne crois pas que je n'ai pas
remarqué que tu étais assis au premier rang de ma classe. Tu prenais des
notes avec tant de diligence, n'est-ce pas ? Tu étais le chouchou d'un bon
professeur. » Il se déplace sur le banc et me laisse voir l'épaisse crête de

son érection, cachée juste sous sa veste de costume. « Et pendant tout ce temps, tes cuisses et tes seins me faisaient bander si fort que j'ai failli me branler derrière le podium. »

Je retiens mon souffle et croise les jambes, mais la douleur qu'il crée entre elles est impitoyable. Rien ne va m'aider.

« Serre tes cuisses, Alana », dit Gavin en massant subtilement son excitation avec le talon de sa main. « Tu m'as rendu jaloux. Maintenant tu vas venir ici, sur ce putain de banc. Juste ici, devant tout le monde. »

Je me dirige vers le bord du siège, mes cuisses mouillées de désir se scindent en deux. Je baisse la tête en avant pour qu'aucun des étudiants qui se pressent ne puisse voir mes yeux se fermer, la sueur se former sur ma lèvre supérieure ou le sang que je fais couler avec mes dents sur celle du bas. « Papa », je murmure.

Il se penche vers moi et me parle à quelques centimètres de mon oreille. « Je sais ce qui fait de toi une petite fille. Ta chatte humide et excitée. Elle sait qu'elle n'appartient qu'à un seul homme. Elle attend si innocemment qu'il la défonce comme de la viande de baise sucrée, n'est-ce pas ? »

Les spasmes me parcourent si soudainement que je suis presque en train de crier, mais je parviens à serrer les lèvres à la dernière minute. Je me balance sur le banc, de haut en bas, suppliant mentalement que l'orgasme soit terminé, suppliant qu'il continue pour toujours. Je suis un amas de tremblements, de peau rouge et de jointures blanches, en train d'avoir un orgasme sur le banc, à quelques centimètres de mon professeur, ma culotte est un désastre détrempé au moment où le serrement se calme. Je retombe sur le banc, haletant, mes membres liquéfiés.

Gavin se lève et s'arrête devant moi, bloquant le soleil.

Il a les yeux et la bouche tendus, la mâchoire serrée, mais il boutonne tranquillement sa veste de costume pour qu'elle cache son érection. « Sois sage, Alana. Je t'observerai. »

Étourdi, j'acquiesce.

Je ne sais pas combien de temps je reste assis là, essayant d'assimiler ce qui vient de se passer. Suis-je dans une relation clandestine avec mon professeur maintenant ? Ou bien agit-il simplement par jalousie et ne veut-il toujours rien de permanent avec moi ? L'une ou l'autre possibilité pèse encore plus lourd sur mon cœur que ce matin.

Mon téléphone sonne. Ripley.

« Hé, ma fille », je réponds, la voix enrouée à cause de ce cri.

« Euh, salut toi-même. Tu parles comme une cam girl. »

« Cool. Je n'ai même pas besoin de porter de pantalon pour ce travail. » Ne voulant pas qu'elle s'attarde trop sur les raisons pour lesquelles ma voix sonne bizarrement, je change de sujet. « J'ai été invité à une fête ce soir. »

« Oh ! » Silence.

"Oh?"

« Je ne peux pas y aller. J'ai un rendez-vous. »

« Avec qui ? »

Elle hésite. « Personne de spécial. Mais tu ne devrais pas aller à une fête toute seule. »

Je veux insister et savoir avec qui elle sort, mais elle me laisse faire avec sa voix rauque, alors je dois lui rendre la pareille. « Je ne serai pas toute seule. Je connaîtrai des gens là-bas. »

"Vous êtes sûr?"

« Complètement. » Une alarme retentit sur mon téléphone. « Mince. Je dois filer en sociologie. Est-ce que je peux emprunter ta robe noire pour ce soir ? La courte avec le décolleté croisé ? »

« Bien sûr, chérie. Au revoir. »

"Au revoir."

Je raccroche et je commence à courir à travers le campus, mes jambes encore instables à cause de mon quadruple orgasme. Mais je me sens plus en contrôle depuis que j'ai décidé d'assister à la fête. Je ne vais pas rester assise, confuse, à attendre que Gavin me dise s'il y a quelque chose entre nous. Je préfère être avec lui qu'à une fête, bien sûr, mais au moins je serai distraite de la douleur dans mon cœur.

Sauf que la fête n'est pas du tout comme je l'imaginais.

Chapitre 6

Alain

Quand j'avais neuf ans, j'avais raison : les garçons sont des idiots.

Je suis assis sur le rebord de la fenêtre de la maison louée et je regarde Landen et ses copains essayer de former une pyramide de pom-pom girls au milieu du salon. Ils ont pris le temps de déplacer les meubles et permettent aux gens de filmer les pitreries des ivrognes, tout en réfléchissant à voix haute au nombre de visites que la vidéo va obtenir sur le Web.

Je suis surtout énervée d'avoir gâché la robe de Ripley lors de cette fête au fût de bière, même si la bière dans ma main est froide et que j'ai eu une discussion d'une heure sur les tueurs en série avec l'une des filles de la classe, ce qui est ce que j'appelle une soirée plutôt réussie. Je ne vais pas mentir, cependant, j'ai pensé à Gavin pendant tout ce temps. Que penserait-il de ma robe ? S'il était là, rirait-il avec moi des fabricants de pyramides ?

Que voulait-il dire quand il a dit qu'il me surveillerait ?

Un chatouillement se forme à l'arrière de mon cou.

Je me retourne et regarde par la fenêtre derrière moi, mais je ne vois rien d'autre que la lune et le contour des arbres autour de la maison.

Attends... c'est quoi ça ?

Je me retourne et lève les yeux vers la maison voisine. Il y a une girouette au sommet. Le genre de girouette avec des flèches pointant dans quatre directions et un poulet au milieu. Quelque chose pend à l'une des pointes de la flèche, cependant, et mon intuition de photographe me pousse à regarder de plus près. Je prends mon sac, je pose ma bière presque vide et traverse la cuisine en direction de la sortie latérale qui mène à la cour.

En chemin, je souris à l'une des filles de la classe. « Je vais sortir prendre l'air. »

Elle me fait un signe du pouce en l'air, puis boit un shot de quelque chose de rose.

Je suis sûr qu'elle ne le regrettera pas demain matin.

L'air pur de l'automne est agréable sur ma peau après avoir été emprisonnée dans un mélange écœurant d'eau de Cologne et de parfums. J'inspire profondément et sors l'appareil photo de mon sac, en pensant à une promenade dans le quartier. Landen vit dans un quartier éclectique et lors du trajet en Uber, j'ai vu quelques jardins kitsch qui pourraient donner lieu à des photos amusantes. Mais d'abord, je veux découvrir ce qui est suspendu à cette girouette.

Je me dirige vers la clôture pour avoir un meilleur angle, mais même la lune ne fournit pas assez de lumière pour me dire ce qui flotte dans la brise. Je devrais simplement rentrer à l'intérieur ou faire ma promenade et arrêter de m'en faire une obsession, mais quand il s'agit de photographie, je peux être un peu têtu pour capturer les choses qui m'intéressent. Alors, avant de pouvoir me convaincre, je mets l'appareil photo autour de mon cou et je jette une jambe par-dessus la clôture, l'enjambant pendant une seconde. Puis je me remets prudemment sur pied, en équilibre sur le haut de la barrière étroite.

En regardant par-dessus la cour voisine, vers le toit, je vois que l'objet qui tourbillonne dans le vent est un soutien-gorge. Un soutien-gorge à pois rouges emmêlé dans une girouette. En imaginant des scénarios dans lesquels il aurait pu arriver là, je rigole et lève mon appareil photo, en activant le réglage de nuit. Je viens de prendre la photo lorsque la porte latérale s'ouvre brusquement, claquant contre le côté de la maison - et un sursaut de surprise me fait perdre l'équilibre.

Mon cri de surprise est interrompu lorsque je touche le sol.

L'impact est si violent que je ne ressens pas immédiatement la douleur lancinante au niveau du tibia.

En fait, je ne me rends pas compte que j'ai atterri sur un rocher et que j'ai ouvert une entaille jusqu'à ce que plusieurs personnes m'entourent et me demandent si je vais bien.

« Je... je... » L'humiliation monte dans ma gorge, mais je l'avale avec détermination et souris malgré la douleur qui s'aggrave dans ma jambe. « J'ai reçu le vaccin ? »

Il y a un court silence avant que les rires ne retentissent. Mais cela ne me fait pas me sentir mieux. Les larmes commencent à me monter aux yeux. Rien ne me semble familier. Je saigne dans l'arrière-cour de cet endroit inconnu et tout le monde est saoul. Et je pense que l'automne a peut-être fait disparaître une partie de mon chagrin, car je suis soudainement si triste et seule que j'ai envie de me recroqueviller en boule.

« Écarte-toi. »

La voix vive me fait relever la tête.

Non, ce n'est pas possible.

Gavin ?

Autour de moi, la foule s'écarte et il est là, l'air furieux. Magnifiquement agité dans une chemise vert chasseur à manches longues remontée jusqu'aux coudes. Et un jean foncé qui s'enroule autour de ses cuisses épaisses, soulignant la musculature qui se contracte alors qu'il s'abat sur moi. « Mais à quoi pensais-tu ? » grogne Gavin, me soulevant du sol sans aucun effort. Il a l'air d'être sur le point de se lancer dans un sermon, mais il fait une double prise en apercevant ma blessure à la jambe. « Bon sang, Alana. »

Oh mon Dieu.

Oh non, je pleure.

Je ne le fais presque jamais, mais il est là. Avant qu'il n'entre en scène, j'étais effrayée et bouleversée, mais ce n'est plus le cas maintenant. Je suis en sécurité. Et le soulagement fait couler des larmes sur mes joues et ruine définitivement mon maquillage, mais je m'en fiche. J'appuie ma tête contre son épaule et l'écoute soupirer, je sens ses bras se resserrer autour de moi.

« Quelqu'un peut-il me passer son appareil photo ? », aboie-t-il.

L'une des filles pose mon sac sur mes genoux, pose délicatement l'appareil photo dessus et je m'effondre en voyant que l'objectif est fissuré. Gavin me porte à travers une mer de visages choqués, des spéculations se murmurant dans notre sillage.

Est-ce le professeur Dennison ?

Sont-ils, genre, ensemble ou quelque chose comme ça ?

Heureusement, nous tournons devant la maison et ces visages suspects disparaissent de notre vue. Nous ne nous arrêtons pas avant d'avoir atteint une Jaguar noire basse et Gavin ouvre brusquement la portière du siège passager arrière. Il m'installe avec précaution sur le siège en cuir lisse.

« C'est ta voiture ? » je demande en me retournant pour poser mes affaires sur le siège derrière moi.

« Oui », répond-il d'une voix crispée, passant la main sous le siège et en sortant une trousse de premiers secours, la laissant tomber sur l'asphalte avec fracas et l'ouvrant.

« C'est cher. » Je pense à tout l'argent qu'il a dépensé pour ma virginité. « Tu es riche, n'est-ce pas ? »

"Très."

« Du fait d'être professeur ? »

« Pas seulement. » Il déchire un sachet de tampon imbibé d'alcool avec ses dents et s'en sert pour nettoyer ma coupure, grimaçant quand je prends une inspiration. « J'ai fait des investissements intelligents avec un héritage que j'ai reçu après avoir obtenu mon diplôme universitaire. Ce n'est vraiment pas le moment d'en parler. »

« J'essaie de te distraire de ta colère contre moi », murmurai-je, voulant désespérément tendre la main et écarter les cheveux noirs de son front.

« Ça ne marche pas, Alana. »

« Peut-être que je suis en colère aussi. Tu m'as visiblement suivi. »

« Est-ce que ça te met vraiment en colère ? » Gavin s'arrête de tamponner ma blessure avec un antiseptique. « Ou es-tu venu ici ce soir simplement pour voir si je te suivrais ? »

Gavin a raison. Je l'ai fait, n'est-ce pas ?

Il m'a dit qu'il me surveillerait... et la petite fille en moi voulait être un défi.

Et il a réussi. Il ne m'a pas laissé tomber. Il est à genoux devant moi au milieu de la nuit, ses mains résolues à soigner ma blessure.

Cela ne veut pas dire qu'il veut être avec moi, mais c'est quelque chose.

La réalité me fait mal au cœur et la chaleur revient dans mes yeux, me poussant, exigeant qu'on me laisse sortir. Gavin lève les yeux à temps pour voir ma lèvre trembler, une larme unique couler sur ma joue. L'irritation disparaît de son regard et il bouge, me soulève du siège et prend ma place, m'installe de côté sur ses genoux et me cache la tête sous son menton. « Chut, princesse. » Il frotte un cercle continu sur mon dos, ses lèvres dans mes cheveux – et il me berce, d'un côté à l'autre dans un mouvement apaisant. « Je suis là maintenant. Je te tiens. »

Je renifle. « C'était une chute brutale. Je crois que je me suis surtout fait peur. »

« Rassure-toi, tu m'as fait peur aussi. » Un frisson le parcourt. « J'ai dû m'enfermer dans la voiture pour m'empêcher de t'enlever de cette fête sans fin. Ça me faisait mal de te regarder. Si belle, entourée de... eux. J'ai détourné le regard une seconde et tu n'étais plus à l'intérieur. Tu étais déjà en train de tomber quand j'ai fait le tour de la maison. » Il m'embrasse férocement la tempe. « Bon Dieu, Alana, je n'ai pas pu t'atteindre à temps. »

« Je vais bien », dis-je en me tournant sur ses genoux pour pouvoir embrasser son menton. « Je vais mieux maintenant que tu es là. » J'embrasse un chemin jusqu'à sa bouche et effleure mes lèvres à cet endroit. « Tu me manques. »

Son membre se dresse sous mes fesses, dur et insistant. « Dire que tu me manques serait insuffisant. Chaque seconde sans toi est un poison. »

Mon cœur chante, battant violemment dans ma poitrine. C'est donc ainsi que ça va se passer. Nous aurons une relation secrète. Résolument, j'ignore la vague de déception et me concentre sur la façon dont il me regarde avec tant de férocité, comme s'il imaginait comment il me prendra dès que nous serons seuls. « Ils t'ont tous vu venir me chercher », murmurai-je en caressant sa mâchoire hérissée. « Est-ce que tu vas avoir des ennuis ? »

Son sourire narquois me dit qu'il trouve cette idée amusante. « Non, je ne le suis pas. » Il se tourne légèrement et m'allonge sur le siège, déplaçant mon appareil photo vers le repose-pieds pour que je puisse reposer ma tête sur mon sac. « Tu n'auras plus à t'inquiéter de rien. » La banquette arrière spacieuse lui permet de s'agenouiller sur le siège opposé entre mes jambes et mes hanches se tordent déjà sur le siège lorsqu'il soulève l'ourlet de ma jupe, la tirant jusqu'à ma taille. Les yeux brillants de faim, sa langue se perche au coin de sa bouche. « As-tu besoin que papa guérisse ça aussi, petite fille ? »

Je hoche la tête timidement, sachant exactement ce qu'il voit. Mon string en satin blanc trop petit, tendu sur mon monticule. Je n'ai jamais été aussi reconnaissante qu'il ait rétréci au lavage. « Oui », je murmure. « S'il te plaît. »

Gavin baisse la tête et expire contre le tissu humide. Puis, sans prévenir, il enfonce son visage contre mon sexe palpitant et inspire profondément, un grognement se faisant entendre dans sa poitrine. Ses mains se glissent sous mes fesses, trouvent la ceinture arrière et font glisser le string le long de mes jambes, le jetant sur le siège avant. Sans quitter son regard affamé de ma chair nue, il éteint la lumière du plafond et pose sa bouche haletante sur mon clitoris, le harcelant avec sa langue, ces énormes mains pressant mes cuisses ouvertes.

« Putain, » marmonne-t-il en roulant son front d'un côté à l'autre sur mon ventre. « Tu as un putain de goût de sucre. Je n'arrive pas à croire que je n'ai joui qu'une seule fois sur cette petite chatte parfaite. »

Il grogne et se lance dans le prochain coup de langue, frottant le plat de sa langue sur toute la longueur de mes plis, lentement, très lentement, taquinant mon entrée avec des révolutions savoureuses de sa langue, avant de placer des baisers suceurs sur son chemin de retour vers mon clitoris. « S'il te plaît, ne t'arrête pas », je sanglote en m'agrippant à ses cheveux. « S'il te plaît, continue. »

La pression qui s'accumule dans mon ventre est si intense que je suis à peine consciente de ce qui m'entoure, mais lorsque mes yeux s'ouvrent, je suis surprise de trouver quelqu'un qui me regarde de l'extérieur de la voiture. Landen ? Oui. Il regarde, bouche bée, Gavin me lèche entre les jambes et il est penché si près que son souffle embue la vitre.

Je tire les cheveux de Gavin pour l'informer que nous avons un public, mais il lève simplement la tête, établit un contact visuel avec Landen et enfonce sa langue dans mon sexe, le fléchissant contre mes parois intérieures, son pouce trouvant mon clitoris et le caressant fermement.

Mon dos se cambre sur le siège, mes cuisses s'enroulent autour de la tête de Gavin. Il n'y a personne d'autre que nous, rien d'autre n'a d'importance, le soulagement est si proche. Si proche.

Il est évident que mon professeur noir ne s'arrête pas, peu importe qui regarde, peut-être qu'il prend même plaisir à me faire plaisir devant le garçon qu'il prétend être intéressé à faire la même chose. Sa langue glisse en moi et hors de moi, dedans et dehors, jusqu'à ce que je tremble violemment sur le siège, pompant mon sexe au rythme de ses coups, me frottant sans vergogne sur sa bouche.

Au dessus de moi, le verre s'embue sous un autre souffle.

« Oh, s'il te plaît, oh, s'il te plaît, oh, s'il te plaît ! Papa ! »

Mon corps se contracte encore et Gavin, heureusement, recommence à me lécher le clitoris, son majeur remplaçant sa langue dans mon canal serré. Je regarde mon corps qui se soulève et je fixe mes yeux avec un pur péché, une pure obsession, et l'orgasme m'envahit, voyageant à une vitesse vertigineuse à travers mon corps, de la tête aux pieds, concentrant mon milieu, serrant mes muscles jusqu'à ce que tout ce que je puisse faire soit crier et me frayer un chemin à travers lui.

Finalement, je m'effondre sur le siège, mes cheveux collés à mon cou moite, mes membres étendus dans les quatre directions, ma respiration lourde retentissant dans l'habitacle. Gavin donne à mon sexe rassasié un dernier et long baiser, puis remet ma jupe en place, lissant le tissu sur mes genoux.Je lève les yeux et découvre que nous sommes seuls maintenant. Quand je cherche à nouveau Gavin, il sort de la voiture. « Attends », je murmure en me soulevant sur un coude et en m'effondrant sur le dos sans délai. « Et toi ? »

Le sommeil alourdit mes paupières et je crois perdre connaissance pendant quelques secondes, car la chose suivante que j'entends est le démarrage de la voiture de Gavin. Puis : « Je ne te ferai plus l'amour tant que tu ne m'auras pas redonné confiance, Alana. C'est une promesse. »

Confiance...promesse...

L'épuisement me submerge et je m'évanouis, sans savoir où nous allons, mais sûr que Gavin fera en sorte que tout se passe bien.

Cela s'avère être l'euphémisme de l'année. Peut-être même du siècle.

Chapitre 7

Gavin

Je monte lentement les escaliers qui mènent à ma maison de ville, voulant profiter de chaque seconde de porter la forme endormie d'Alana dans mes bras. Cela fait partie du fantasme que je n'avais jamais anticipé, car je ne l'avais pas encore rencontrée. Ma faim n'était censée concerner que la baise, cette démangeaison interdite qui me tourmente depuis que je me souviens. Mais cela, l'attention portée à Alana, transcende toute satisfaction que j'aurais pu imaginer.

Ses lèvres sont légèrement entrouvertes contre mon épaule, ses jambes pendent sur mon avant-bras. Ses seins qui rebondissent de façon exaspérante à chaque pas que je fais sont sur le point de déborder de son décolleté, ses fesses nues exposées à la nuit, la robe flottant dans la brise sous elle.

C'est mon putain de miracle.

J'ai toujours été si équilibrée, si imperturbable, si planificatrice.

Je ne vivais pas du tout jusqu'à ce qu'elle m'insuffle la vie avec son sourire, son humour, cette sensualité semi-torsadée que nous partageons et qu'elle a réussi à rendre belle. Si elle en retire du plaisir, du bonheur, comment pourrais-je encore avoir honte ?

Je m'arrête sur la marche supérieure et déplace son poids pendant que je déverrouille la porte, l'ouvre avec mon épaule et la fais passer prudemment sur le seuil. Ma maison prend un nouveau sens avec elle à l'intérieur. Il n'y a pas de lumière allumée, mais elle vibre déjà au rythme de sa vie, de son esprit.

En grimaçant devant le plancher qui craque sous mes pieds, je la porte dans les escaliers, tourne à droite et me dirige vers la chambre principale. J'ai tellement hâte de l'étendre dans mon lit et de lui enlever ses chaussures, de la border, que mon pouls bat fort dans mes oreilles. J'ai trouvé ma fille, bandé sa blessure, veillé à son orgasme, maintenant je vais lui offrir du repos. Prendre soin d'elle rend ma bite si raide que je dois me concentrer pour ne pas renverser mon sperme dans mon slip.

Dès qu'elle sera en sécurité sous les couvertures, je vais me branler dans la salle de bain en pensant à toutes les façons dont je vais prendre soin d'elle ce soir. En pensant à la façon dont je vais la nourrir le matin, la doucher, lui brosser les cheveux. En pensant à la façon dont elle m'a appelé papa devant ce putain de nain, puis à la façon dont elle m'a giclé sur la bouche comme une bonne fille.

Les dents serrées, je la couche au milieu de mon lit et retire un côté des couvertures. La prenant à nouveau dans mes bras, je la couche dans les draps, retire soigneusement ses sandales et la drape dans ma couette. Dans mon parfum. Elle soupire doucement et se tourne sur le côté, se blottissant dans mon oreiller, et je me précipite vers la salle de bain attenante, m'enfermant à l'intérieur sans un bruit. Je pose mon avant-bras sur le mur et me mordille le poignet, faisant descendre ma fermeture éclair avec l'autre. Agrippant ma bite engorgée d'une poigne meurtrie, je baise ma main brutalement, mordant mon poignet jusqu'à ce que je perce la peau. Mes hanches s'enfoncent furieusement dans mon poing, le pré-sperme m'aidant, et j'imagine Alana dans mon lit, sachant instinctivement qu'elle est en sécurité, son petit poing enroulé sur mon oreiller.

Des cordes de sperme atterrissent sur le mur carrelé, glissant vers le bas alors que j'essaie de ne pas hurler de plaisir. Mon abdomen est en flexion permanente, se contractant, puisant dans le puits au plus profond de moi-même que seule Alana pourra jamais exploiter. Je suis un homme brisé, mais je suis entier en même temps, perçant mon poing d'un dernier coup de pompe, avant de m'effondrer contre le mur.

Lorsque ma respiration redevient normale, je sors de la salle de bain et me dirige vers le lit, me tenant au-dessus d'elle et écoutant sa respiration régulière. De toutes les fibres de mon être, je veux me mettre au lit à côté d'elle, mais je ne m'autoriserai pas cet honneur tant que je n'aurai pas regagné sa confiance. Cette confiance que j'ai écrasée dans mon bureau sous le talon de mon aileron. J'ai de la chance qu'elle soit là. Heureusement qu'elle a daigné m'accorder un moment de son temps après que j'ai abusé de sa confiance en moi.

Plus jamais, princesse.

Au lieu de prendre place à côté d'elle dans le lit, je redescends et sors dans la voiture pour récupérer son appareil photo et son sac, les emportant tous deux avec moi à l'intérieur. Lorsque j'accroche son sac au porte-manteau, un bip sonore provient de la poche intérieure. Après une brève hésitation, je sors son téléphone portable et découvre dix-neuf SMS de son amie Ripley, exigeant de savoir où se trouve Alana et si elle va bien.

Ripley est digne de l'ange endormi à l'étage. Maintenant, je dois juste prouver que je le suis aussi.

Une chose à la fois, cependant.

Je réponds à Ripley par SMS avec mon nom et mon adresse, lui expliquant ce qui s'est passé à la fête et lui disant que je demanderai à Alana de l'appeler dès demain matin. Ripley a une cinquantaine de questions complémentaires à lui poser, mais je soupire et raccroche le téléphone, espérant avoir fait assez pour apaiser ses craintes.

Ensuite, j'apporte son appareil photo dans mon atelier à l'arrière de la maison de ville. Il est rattaché à ma chambre noire et j'ai plusieurs projets à travailler, mais ma principale préoccupation en ce moment est l'appareil photo d'Alana. C'est un vieux Nikon. J'en avais un comme celui-là autrefois et je ne devrais pas avoir de problème à réparer l'objectif si je trouve les bonnes pièces...

J'ai dû travailler sur la réparation plus longtemps que je ne le pensais, car la prochaine fois que je lève les yeux, la lumière du matin se répand sur le sol de mon atelier. Il y a un craquement dans l'escalier, suivi d'un appel hésitant de mon nom et ma bite réagit violemment, étirant la braguette de mon jean avec une telle force que je manque d'arracher la petite vis que je suis en train de tourner.

« Ici », j'appelle, ma voix comme du gravier.

Alana apparaît dans l'embrasure de la porte, frottant ses yeux endormis, et il devient douloureusement évident que je suis amoureux d'elle. Mon cœur est presque emmêlé autour de ma jugulaire juste d'être si près d'elle, de l'avoir dans ma maison, de savoir qu'elle a dormi dans mes draps.

« J'espère que tu n'as pas de problème si j'ai utilisé la brosse à dents emballée sous ton évier... » Elle s'interrompt avec un halètement. « Tu répares mon appareil photo ? »

Je hoche la tête, toujours incertain de pouvoir parler.

« Merci. Je ne savais pas comment j'allais payer pour le faire réparer. » Elle croise ses mains sous son menton et s'avance, me regardant travailler avec un demi-sourire grandissant sur son visage. « Mon Dieu. C'est très sexy. »

Mon rire résonne comme du métal qui se tord. « Laisse-moi te faire du café, puis je finirai. »

« Je peux le faire. »

« S'il te plaît, je le veux. »

La conscience approfondit le bleu de son œil gauche. « D'accord », souffle-t-elle.

Je ne fais aucun effort pour cacher mon érection quand je la croise en allant à la cuisine. Et je rigole en la voyant me suivre, comme un personnage de dessin animé qui suit l'odeur d'une tarte. Puis je me rappelle que j'ai juré de ne plus la baiser jusqu'à ce qu'elle me fasse entièrement confiance.

Christ.

Ça va être une longue matinée.

« C'est toi qui as pris ces photos ? » demande Alana derrière moi.

Je me retourne et je la trouve en train d'étudier mon collage de photos encadrées sur le mur. « Oui, ce sont les miennes. »

« Oh, j'adore ça. » Elle passe son doigt sur la photo d'une étagère de livres dont l'une des tranches est tournée dans le mauvais sens. « On cherche des anomalies. » Sa main s'éloigne de la photo, son regard trouvant le mien par-dessus son épaule. « C'est pour ça que tu as aimé mes yeux. »

Je glisse une K-Cup dans la fente, appuie sur le bras de la cafetière et appuie sur le bouton. « J'adore tes yeux. Parce qu'ils t'appartiennent, Alana. Chaque partie de toi est belle. » Un silence stupéfait suit ma déclaration. « Comment prends-tu ton café ? »

« Noir, s'il te plaît », souffle-t-elle en se retournant vers le mur de photos encadrées. Elle les étudie un peu plus longtemps, puis me rejoint dans la cuisine, entre le comptoir et l'îlot. Elle s'appuie lentement contre l'îlot, presque avec prudence. Bon Dieu, si un commentaire honnête sur ses yeux peut la déstabiliser à ce point, j'ai beaucoup de travail à faire dans le domaine de la romance. « As-tu remarqué la photo que j'ai prise avant de presque me casser le cou ? »

« Oui », je marmonne en lui lançant un regard noir et en buvant ma tasse de café. « Tu ne vas pas me convaincre que ça valait la peine de mourir pour ça, mais... c'est très bien. C'est parfaitement cadré, le clair de lune lui donne presque un... »

« Un drame satirique ? »

« Oui. » Son sourire rougissant me fait presque tomber mon café. Je m'éclaircis la gorge avec force, essayant de déloger la boule, mais elle ne s'en va nulle part. « Je me demande toujours au début du semestre s'il y aura une élève gagnante. Je ne savais pas que cette fois-ci, je l'avais déjà rencontrée. »

« Je suis... moi ? Élève de choix ? » Elle pince ses lèvres tremblantes. « Est-ce que tu dis ça juste parce que nous sommes... parce que je suis... »

« La fille qui m'a transformée en harceleuse à part entière ? » Sa bouche s'ouvre sur un rire haletant et je sirote mon café pour cacher mon propre sourire. « Je ne le dis pas comme ça. J'ai regardé de plus près ta candidature, Alana. Tu as déjà un style très particulier. Ta personnalité est présente dans chaque photo. La plupart des étudiants n'auront pas encore trouvé un style aussi reconnaissable à la fin de leurs études. Tu vas être passionnante à regarder. »

"Merci."

« Je serais honoré de vous aider à perfectionner cette compétence. »

« J'aimerais vraiment ça. » Elle se serre les coudes, le visage rouge de plaisir. « Alors, euh... » Elle se tourne vers moi, posant une hanche sur le comptoir. « Quand as-tu décidé que tu voulais être papa ? »

Dieu merci, je ne bois pas de café, car je m'étoufferais avec. « Jésus, Alana. »

« Désolée. Je n'accepte pas bien les compliments. » Ses yeux se fermèrent. « J'ai dû trouver un moyen de détourner l'attention. »

La seule chose qui me vient à l'esprit, c'est que je suis heureux d'avoir trouvé cette fille avant qu'un autre homme ne mette la main dessus. C'est la femme la plus extraordinaire de toute la création et je mourrai avant que quelqu'un ne me l'enlève. « Hier soir. J'ai décidé hier soir. »

Un sillon apparaît entre ses sourcils clairs. « Je ne comprends pas. »

Je réduis la distance entre nous et je pose mon café sur l'îlot contre lequel elle s'appuie, lui retire sa tasse des mains et la pose à côté de la mienne. Les taches de couleur sur ses joues s'accentuent alors que je l'encadre de mes bras. « Je pensais que les aspects physiques de ce que nous faisons dans le noir seraient la partie qui me satisferait. Et putain, Alana, tu sais que c'est le cas. Mais si je ne t'avais pas rencontrée, je n'aurais pas réalisé que c'était plus que ça. Préparer du café à Alana, panser ses écorchures, la porter au lit. » Je rapproche nos hanches pour qu'elle puisse sentir la gravité de mon érection, amenant ma bouche à son oreille. « Ce sont ces choses qui font de moi ton papa. »

Elle fixe ma bouche. « Je vois », dit-elle d'une voix inégale.

Je la plaque plus fermement contre l'île. « Est-ce que je te donne aussi satisfaction, Alana ? »

« Oh oui. » Elle nous avala de façon audible, ses petites mains se levant pour se poser sur mes épaules. « Je peux prendre soin de moi-même, mais... j'aime savoir que tu prendras le relais. » Elle me regarde à travers ses cils. « Tu me fais sentir importante. »

« Alors je dois faire mieux. » Je passe ma main sous sa robe et prends une fesse dans chaque main, soulevant et posant sa chatte sur mon érection, savourant son gémissement impuissant, la façon dont ses cuisses se soulèvent et encerclent mes hanches. « Tu es plus qu'importante pour moi, princesse. Tu es essentielle. » Le pouls crépitant dans mes oreilles, je découvre mes dents et les presse contre le côté de son cou, sentant le battement sauvage dans ses veines. « Tu m'obsèdes à vie. La vie, tu comprends ? »

« Gavin, gémit-elle en frottant ses seins sur ma poitrine. Amène-moi au lit. »

J'étudie Alana, cherchant dans ses yeux cette dévotion et cette confiance sans compromis que nous avons découvertes au bordel. L'espoir pour nous qu'elle avait le premier jour du semestre dans mon bureau. Mais nous n'en sommes pas encore complètement là. Oh, il est clair qu'elle désire ma bite, et si Dieu le veut, ses sentiments pour moi sont à moitié aussi profonds que les miens pour elle, mais je ne me permets pas de m'enfoncer en elle, pas un seul centimètre, jusqu'à ce qu'elle me donne tout.

« Pas au lit, princesse. Je ne garderai jamais ma bite hors de toi là-bas. »

"Bien!"

Mon rire est douloureux. « Pas avant que tu me fasses à nouveau confiance », dis-je, catégorique. « Mais ne t'inquiète pas. Je ne te laisserai jamais insatisfaite. » Je pose mes mains sur ses fesses nues, pétrissant ses joues tendues, la frottant contre mes genoux. « Travaille-toi sur la bite de papa, petite fille », je halète, m'ordonnant de ne pas jouir, peu importe à quel point sa jeune chatte est chaude en frottant de haut en bas sur mon manche recouvert de jean. « Laisse-moi la sentir. Trempe-moi. »

Je ne peux pas m'en empêcher, je dois jeter un œil à ses seins. J'utilise mes dents pour tirer sur l'encolure de la robe noire, gémissant comme un animal lorsque ses seins guillerets se libèrent, roses et plissés au centre. Délicieux. Les reluquant comme un lubrique, je commence à la faire rebondir de haut en bas, juste pour pouvoir les regarder s'agiter - et Alana adore ça.

« Fais-moi rebondir, papa », glousse-t-elle. « Plus haut. Plus vite. »

D'un cri rauque, je plaque ses hanches contre l'île, mon contrôle s'affaiblissant au point de presque craquer. « Tu essayes de me tuer ? »

Son expression est un mélange de désir et de culpabilité. « Je te veux tellement en moi. »

« Alors tu testes ma volonté ? »

Elle fait la moue. « Désolée. » Une minute entière passe et je n'ai toujours pas confiance en moi pour continuer. Si elle lâche encore un de ces doux rires, je vais la baiser en levrette sur le sol de la cuisine. « J'ai décidé quelque chose, Gavin », dit-elle en se tortillant sur mes genoux pour se libérer et en mettant quelques pieds entre nous. Bien qu'elle soit rose d'effort et d'excitation, elle répare sa robe et lève le menton. « Si tu es insatisfait, alors je le suis aussi. »

« Non, Alana, dis-je d'une voix rauque. Je ne peux pas accepter ça. »

Elle se tourne sur elle-même, les épaules serrées dans un carré déterminé. « Est-ce qu'il y a d'autres photos de toi dans la maison ? Je veux en voir d'autres. »

Je pose mes mains sur l'îlot pour ne pas l'atteindre, car elle a joué la seule carte qui pourrait me faire craquer. En refusant son propre plaisir. « Dans mon bureau », réussis-je à dire, décidant que j'ai besoin d'une minute pour reprendre le contrôle de ma situation. « Première porte à droite dans le couloir du fond. »

Ce n'est que quelques minutes plus tard, lorsque j'entends sa douce exclamation provenir de l'intérieur de la pièce, que je me souviens de ce que j'ai laissé sur mon bureau.

Putain.

Alain

Bon, je n'aurais pas dû fouiller dans les papiers sur le bureau de Gavin, mais Dieu merci, je l'ai fait. Pourquoi me cacherait-il quelque chose comme ça ?

Je regarde la lettre en relief de l'université dans ma main, relisant les mots pour m'assurer que je n'ai pas mal compris la première fois.

Professeur Dennison,

Nous regrettons profondément que vous ayez décidé de refuser votre place au conseil d'administration de l'université. Nous nous réjouissions de pouvoir bénéficier de votre précieuse contribution pendant de nombreuses années, mais nous respectons votre décision de vous concentrer sur les changements qui se produisent dans votre vie personnelle. Veuillez accepter ceci comme une reconnaissance officielle de votre refus de siéger au conseil d'administration.

Nous vous souhaitons le meilleur.

Je n'arrive pas à croire ce que je lis.

Est-il possible que Gavin ait laissé passer ce poste prestigieux... à cause de moi ?

« Alana », dit Gavin depuis la porte, son regard passant de la lettre que je tenais à la main à mon visage. « Tu n'étais pas censée voir ça. »

Je prends une grande inspiration pour tenter de ralentir les battements de mon cœur, mais il semble battre plus vite. « Est-ce à cause de moi que tu as refusé ? »

La passion s'enflamme dans ses yeux, et je suis écorchée sur place. « Bien sûr que je l'ai fait. »

L'espoir se noue dans ma poitrine. Mais c'est plus que ça. C'est de l'amour pour cet homme. Il y en a tellement que j'ai peur qu'il m'engloutisse tout entière. Mais si je l'aime, comment puis-je le laisser passer une opportunité qu'il a toujours voulu saisir ? Est-ce que ça ne fait pas de moi un égoïste ? « Si tu as fait ça pour moi, pourquoi ne voudrais-tu pas que je voie la lettre ? Pourquoi ne voudrais-tu pas que je le sache ? »

Il jure à voix basse, quelques secondes s'écoulant pendant qu'il rassemble ses pensées. « Deux raisons. La première, c'est que j'avais peur que tu te sentes coupable... »

"Je fais."

Son teint pâlit un peu. « Et deux, je ne voulais pas regagner ta confiance de manière facile. En te disant simplement que j'avais refusé. Je voulais regagner ta confiance. Après ce que je t'ai fait, après avoir détruit ta foi en moi, tu méritais que je travaille pour la regagner. » Il rôde dans la pièce, sa présence intense remplissant chaque recoin. « Avant que tu ne passes une seule seconde à te sentir coupable, comprends que j'ai pris la décision la plus facile de ma vie. Je connaîtrai plus de bonheur en passant une journée à tes côtés qu'une vie entière sur le tableau. Alana, je t'aime. »

Je suis à bout de souffle. « Et toi ? »

« De manière obsessionnelle. »

Ma poitrine se remplit de légèreté. Tellement de légèreté que je pourrais flotter. « Je t'aime aussi. »

Gavin reste immobile, son regard parcourt mon visage. « C'est ça, dit-il d'un ton bourru. La façon dont tu me regardes. Je n'étais pas sûr que tu le ferais à nouveau un jour. Tu me fais confiance, Alana ? »

Je fais trois pas et me jette dans ses bras. « De façon obsessionnelle. »

« Tu viens vivre avec moi. » Ses dents me caressent le cou de haut en bas, suivies de passages ardents de sa langue et de ses lèvres. « Tu es à moi pour toujours et tu partageras mon lit. Pour toujours. Tu me laisseras prendre soin de toi, bon sang. »

« Oui, je veux ça aussi, mais... »

« Je vais te prendre toute crue. Je dois le faire. » Il soulève ma robe, la laissant enroulée autour de mes hanches, son regard devenant prédateur. « Donne-moi cette petite chatte serrée avant que je ne devienne fou. »

« Mais... » Sa bouche piétine la mienne, dure et possessive, son corps me pousse vers son bureau, me soulève sur le bord et enlève complètement ma robe noire, me laissant nue. Ses mains se referment sur mes seins, me cambrant dans un gémissement, mais je m'accroche à ma dernière préoccupation, motivée par mon inquiétude pour sa carrière. « Gavin, qu'en est-il du fait que nos relations soient mal vues par tes collègues... »

« Alana », m'interrompt-il en défaisant son jean d'une main tremblante. « Je me promènerai sur le campus en te tenant fièrement la main. Si quelqu'un a un mot à dire à ce sujet, il peut le lui dire. » Il sort son membre en poing serré, en poussant la pointe lisse contre l'entrée de mon sexe, puis en rentrant chez lui avec un son guttural. Il avale mon cri décadent avec sa bouche, bombardant mes lèvres de souffles chauds. « Et ils fermeront tous leur bouche quand je ferai de toi ma femme. Quand j'aurai ton ventre bien rond. »

Je n'ai pas le temps de répondre avant que Gavin ne passe derrière moi et ne balaie chaque objet du bureau, envoyant des piles de papiers et de livres s'écraser au sol. Je suis poussée sur le dos et montée par Gavin sur le bureau, ses hanches pompant déjà fiévreusement entre mes cuisses ouvertes. « Ww-femme ? » je gémis, la promesse d'un orgasme se profilant déjà, encouragée par ses déclarations. La preuve de son dévouement. « Un bébé ? »

« Tu étais peut-être déjà enceinte, Alana. Une partie de moi savait exactement ce que je faisais dans ce bordel. Je réclamais ta chatte et ton utérus cette première nuit. Ils étaient déjà à moi. Tu étais déjà à moi. » Mes parois intérieures se contractent et il serre les dents. « Dis oui, princesse, » grince-t-il en poussant profondément. « Dis oui et la prochaine fois que tu t'assiéras au premier rang dans ma salle de conférence, tu auras une bague au doigt. »

Les larmes me montent aux yeux et je tire son visage vers moi pour l'embrasser, le bureau craquant sous nous alors qu'il me remplit brutalement, encore et encore, ses grognements satisfaits résonnant sur les murs du bureau. Est-ce que je veux tout avec cet homme ? Bien sûr que oui. Je ne peux pas imaginer une seconde de ma vie sans lui. La façon dont il me protège, me voit, m'encourage et m'aime. « Oui, Gavin. Donne-moi tout. »

Une possession féroce se grave sur ses traits alors que notre baiser s'approfondit. « Tu m'as déjà tout donné et plus encore. » Ses pulsions s'accélèrent et tout ce que je peux faire, c'est m'accrocher aux épaules de Gavin, sanglotant alors que l'orgasme s'abat sur moi et me possède. « Maintenant, dis à papa que tu l'aimes une fois de plus. »

« Je t'aime, papa », je halète, submergée par le plaisir. « Je t'aime. »

« Je t'aime aussi, petite fille. » Il s'immobilise, les muscles tendus, sa chaleur liquide se déversant en moi, son poids me clouant au sol alors qu'il se cabre, se cabre, se retient. « Mon Alana. Ma vie. »

Épilogue

Cinq ans plus tard

Alain

Je suis allongée dans notre lit sans un seul vêtement pour me couvrir, m'étirant sous le soleil de l'après-midi. Mon professeur obsessionnel déteste quand je me couvre dans notre chambre. Il ressent cela particulièrement quand je suis enceinte, ce qui est le cas pour la deuxième fois.

Je glisse mes mains sur mon monticule de cinq mois, fredonnant doucement pour moi-même, pensant à la façon dont Gavin me regarde. Avidement. Protecteur. Il va rentrer d'une minute à l'autre de l'école et j'espère que notre fils fait encore la sieste pour que nous puissions avoir un peu de temps seuls. Comme je ne travaillais pas au studio aujourd'hui, j'ai donné un jour de congé à la nounou pour que je puisse faire un peu de nidification pour préparer notre deuxième arrivée. Normalement, nous lui demandions de rester une heure de plus pour que Gavin et moi puissions avoir notre propre type de temps de jeu unique avant d'entrer officiellement en mode parent.

En me retournant sur le côté, une photo apparaît sur ma table de nuit. Gavin se tient à côté de moi lors de la remise des diplômes, regardant le sommet de ma tête avec une immense fierté, notre premier-né perché sur sa hanche opposée. Nous sommes si heureux sur la photo et rien n'a changé.

Je suis tellement heureuse que j'en délire.

Il y a cinq ans, lorsque Gavin et moi avons rendu publique notre relation, plusieurs de ses collègues ont été scandalisés, mais comme il n'existait aucune règle officielle interdisant aux professeurs de sortir avec leurs étudiants, nous avons ignoré les critiques et elles ont fini par disparaître. Je soupçonne Gavin de gérer beaucoup de ses détracteurs en privé, pour ne pas me contrarier. Landen a fait l'erreur de m'adresser la parole une fois après le cours, me demandant si j'appelais tout le monde papa ou seulement notre professeur. Il était à portée de voix de Gavin à ce moment-là et a été rapidement et sinistrement appelé dans le bureau de mon mari. Une semaine plus tard, il était transféré à l'Université d'Alaska.

Je laisse Gavin gérer la négativité parce que cela le comble de prendre soin de moi. De me protéger et de me chérir. Et cela me comble en retour. Ce que nous avons est réel et rare. Il est mon tuteur et je suis sa pupille et nous avons besoin que ces rôles soient complets.

Et ce n'est pas parce que mon mari a besoin que je sois sa petite fille que je n'ai pas de responsabilités d'adulte. Après avoir obtenu mon diplôme en tête de ma classe – Gavin a insisté pour payer mes frais de scolarité – j'ai publié mon premier livre de photos, qui a été salué par la critique. Il s'appelait Photogaffes et s'est vendu à suffisamment d'exemplaires pour ouvrir mon propre studio. Lorsque Gavin n'enseigne pas ou ne dirige pas le conseil d'administration (qui l'a supplié de reconsidérer sa candidature au conseil, bien qu'il ait épousé une étudiante) d'une main de fer, notre petite famille voyage à travers le monde et je prends des photos, en utilisant les compétences que mon mari m'a aidée à perfectionner au fil des ans. Aujourd'hui, mes photos rejoignent celles de Gavin sur les murs de notre maison, baignées de soleil, un peu comme moi en ce moment.

En bas, j'entends la porte d'entrée s'ouvrir et se fermer doucement, pour ne pas réveiller notre fils de la sieste. Je suis déjà mouillée entre les cuisses lorsque les pas de Gavin commencent à grincer dans les escaliers jusqu'à moi. Je jure que je peux sentir son impatience et mes mamelons se contractent en petites moues serrées, désespérées d'attirer l'attention de la bouche de mon mari.

Il desserre déjà sa cravate lorsqu'il entre dans la chambre, un bruit ponctué de faim faisant paraître la pièce baignée de soleil beaucoup plus sombre. Une obsession profonde et durable ondule dans ses yeux alors qu'il me regarde, son sexe recouvrant le devant de son pantalon. Il y a maintenant des taches argentées dans les cheveux au niveau de ses tempes et cela a rendu la dynamique entre nous encore plus intense ces derniers temps, ces premiers signes de vieillissement, même s'il reste viril et plus fort que n'importe quel homme que j'ai jamais rencontré.

« J'ai besoin de ta bouche aujourd'hui, petite fille. J'ai passé la journée à souffrir. »

L'anticipation fait des picotements dans chaque centimètre carré de ma peau. Nous avons découvert assez tôt que j'adore prendre Gavin dans ma bouche. Le sucer jusqu'à ce qu'il descende le long de mon menton. L'écouter scander mon nom de plus en plus brutalement, désespérément.

À l'époque où je venais de perdre ma virginité, je n'avais aucune idée que Gavin était anormalement grand jusqu'à ce que j'entende des camarades parler de la taille moyenne du pénis de l'homme américain, ce qui m'a incité à rechercher les statistiques sur Google et à découvrir que la tige de neuf pouces de Gavin était encore plus impressionnante que ce que je savais déjà.

Quand il est rentré à la maison ce soir-là, je suis parti explorer et...

Disons simplement que j'ai conçu mes propres genouillères personnalisées pour pouvoir pratiquer mon passe-temps favori en tout confort, et Gavin ne se plaint pas.

Maintenant, je me mets à genoux et je marche jusqu'au bord du lit, en plaçant timidement mes cheveux derrière mon oreille, en me glissant dans le rôle qui rend mon sexe doux et lisse. « Es-tu sûr que je suis censé t'embrasser là, papa ? »

« Oui, princesse. » Il prend mon poignet et me tire plus près de lui, l'amour et le désir inscrits sur son visage. « Nous en avons parlé, n'est-ce pas ? Ta bouche donne des baisers spéciaux. C'est la seule chose qui me fait me sentir mieux après une dure journée. » Il ouvre le bouton de son pantalon et baisse sa fermeture éclair. « Tu te souviens de ce que tu ressens quand je chatouille ton endroit spécial ? »

La chaleur me lèche l'intérieur des cuisses, mes orteils se recroquevillent derrière moi. « Oui », je murmure en baissant la tête. « Je m'en souviens. »

« Tu veux que je me sente comme ça, n'est-ce pas ? »

« Oui. » Je croise mes bras sur mes seins, regardant son érection d'un air dubitatif, décidant de rendre notre jeu encore plus intéressant. « Mais c'est trop salissant. Je ne veux pas être salissante. »

La mâchoire de Gavin se contracte d'irritation, mais il y a de l'appréciation dans ses yeux pour la balle courbe. « Alors peut-être qu'il est temps d'essayer autre chose, princesse. »

"Comme quoi?"

Il pose un genou sur le lit, me tire contre sa poitrine et me caresse les cheveux. « Je vais te retourner maintenant. Si tu ne veux pas avoir la bouche et le menton sales, alors je vais devoir mettre le désordre au plus profond de toi, là où il ne sortira pas. »

"Où?"

Gavin me retourne et il commence à respirer lourdement, sa main appuyant sur le milieu de mon dos. Je fais des bruits de protestation confuse alors qu'il ouvre mes cuisses et installe ses genoux contre mon dos. Son poing traîne son sexe dur à travers mon sexe doux, et je gémis, essayant de m'éloigner, mais il s'enfonce profondément, grognant dans mes cheveux. Je griffe la couette et essaie de m'éloigner, mais il me tire en arrière, prenant soin d'éviter mon ventre enceinte avec son avant-bras. « La prochaine fois, tu ne te plaindras pas de m'avoir donné un baiser spécial, d'accord ? »

« Non, papa, » je gémis tandis qu'il commence à pomper, des coups profonds et grinçants qui font trembler mes seins. « Je ne le ferai pas. Je ne le ferai pas. »

« Essaie d'en profiter », grince-t-il, son épaisseur me séparant, me remplissant sans cesse, sa bouche ouverte et haletante contre ma colonne vertébrale, le mal se mélangeant au bien dans notre propre recette.

Et oh mon Dieu, j'aime ça, je me délecte de ce que nous faisons, de ce que nous faisons ensemble chaque fois que nous avons un moment de libre. Pour nous, c'est magique. C'est nous. « Je suis complètement obsédé par toi, ma femme », lance-t-il contre mon oreille, son orgasme rendant son corps raide, sa queue tressaillant en moi. « Je t'aime. »

« Je t'aime aussi », je halète, emportée par un courant de plaisir.

LA FIN

Don't miss out!

Visit the website below and you can sign up to receive emails whenever Jennyma Maître publishes a new book. There's no charge and no obligation.

https://books2read.com/r/B-A-ZZTMC-CUHBF

BOOKS 2 READ

Connecting independent readers to independent writers.

Did you love *Son élève primé*? Then you should read *Son sombre désir*[1] by Jesse Beljour!

[2]

L'homme de la mafia le plus célèbre de Denver, « Le Serpent », est prêt à raccrocher son titre.

Que se passe-t-il lorsqu'il rencontre une femme qui bouleverse son monde ?Est-ce que quitter le monde qu'il a créé est la meilleure solution ?Ou finira-t-il par perdre tout ce qu'il aime au passage ?His Dark Desire est un crossover entre la série Made de Brooke Summers et la série The Temptations de Stella Bella

Ils vivent dans l'ombre et ont leur propre boussole morale qui les guide. Ces hommes et ces femmes ne suivent pas vos règles. Ils créent les leurs. Lorsqu'ils rencontrent leur partenaire idéal, rien d'autre n'a

1. https://books2read.com/u/boo9lA

2. https://books2read.com/u/boo9lA

d'importance. Ils feront tout ce qu'il faut pour conquérir le propriétaire de leur cœur noir.

Also by Jennyma Maître

Son élève primé

Milton Keynes UK
Ingram Content Group UK Ltd.
UKHW031841121024
449535UK00010B/596